風祭

Yoshinori
YaGi

八木義德

P+D
BOOKS
小学館

目次

風祭

一念寺の山門の前で、伊作は車をおりた。

一念寺はすっかり面変りしていた。境内をかこむ古い土塀がきれいに取り払われて、寺全体がほとんど剝き出しの形で狭い街道に曝《さら》されている。山門も鐘楼も本堂も、建物自体は昔のまながら、屋根瓦だけが新しく葺きかえられてまだ日が浅いらしい。古びていい色に燻《くす》んだ胴体と、その頭の上にのせた妙になまなましい瓦の色とがひどく不調和な感じで伊作の眼をとらえた。

寺を取りまく風景も一変していた。麦畑と桑畑と果樹園とそこに点在する藁屋根の農家、という典型的な田園風景が、いまはあくどい色彩の雑多に寄りかたまったプレハブ住宅の聚落《しゅうらく》に取って代られ、寺の背後に深い緑の影を落していたはずの巨きな杉と松の林は忽然と姿を消していた。

一念寺は小さな田舎寺だが、それなりに閑寂な野趣をもった風格のある寺だった。しかし今は、境内の三方をかこむ古い白壁の土塀と背面を区切る高い木立ちを失って、まるで額縁をはずされた絵のように、締まりのない空間のなかに置かれている。

しかし山門から本堂へつづく白い敷石道の右手は、十数本の桃の木の見事な花盛りだった。伊作はその濃密で艶な花の色にゆっくり眼を当てて行きながら、本堂の前に立つと軽く掌を合わせた。それから、すぐ右隣りの庫裡《くり》のベルを押した。

「先日電話をさしあげた東京の志村ですが……」

玄関に出た住職の妻女らしいひとに、伊作は名刺をさし出した。

「ようおいでなんした。さ、どうぞ」

伊作は気軽に居間へ通された。小柄で痩せたまだ四十代と思われる住職が、長袖の開襟シャツに黒ズボンという格好で、座卓の前にきちんと膝を折っていた。

「遠い所をせっかくおいで下さったのに、ごらんの通りわたしの顔はこんなありさまでして、言葉がたいへん不自由なもんですから」

初対面の挨拶のあと、住職はそういって、自分の右の頰を軽く掌で叩いてみせた。その住職の右顔の下半分はむざんに陥没していた。骨の欠け落ちた右顎の下から首筋へかけて引き攣《つ》れた肉の隆起があり、唇にも相当な整形の跡がある。

「いや、おっしゃることは、かなりよく分ります」

と伊作は答えた。たしかに住職の発音は舌と唇と顎の機能がうまく調整できぬせいか、かなり明晰を欠いてはいるが、しかし意味を全く判別できぬほどのものではない。

「失礼ですが、どういうご病気でしたか」

と伊作は質《たず》ねた。それは軽い挨拶のつもりだった。

「癌です」

と即座に住職は答えた。

「慢性の骨髄炎が癌に転化したんです。骨が腐ってきたもんですから、東京の癌研附属の病院で、この下顎の右の骨を截《き》り取ってもらったんです」

住職の言葉は淡々としていた。

「たいへんむずかしい手術でしたでしょうな」

住職の平静な表情から、伊作は重ねて質ねた。癌は、現在の彼にとっては黙って素通りできぬ病名であった。このふた月ほどの間に、彼は古い友人を三人もつづけて癌で失くしている。彼等はいずれも伊作と同じく文筆で生計をたてている人間だった。

「はい、たいへんでした。第一回の手術には七時間もかかりました。それから二年ほどの間に手直しの手術を大小六回もしましたよ。ま、ちょっとごらん下さい」

住職はそういって、開襟シャツのボタンをはずすと、いきなり片袖を脱いでみせた。すると、右肩と上膊部から右胸部へかけて一面に赭黒く変色しててらてらに光った皮膚が気味わるく伊作の眼を衝いてきた。そこにも蚯蚓《みみず》腫れのように引き攣った幾筋もの筋肉が隆起している。

「下顎の骨を取るとき、この右頬の筋肉の一部も截り取ってしまったんです。この頬の内側へ爪楊枝ほどの針を十本も刺して、そこへコバルトを照射するんですが、それを二年もつづけてやったので火傷を起してしまったんですな。そこで截り取った頬の跡へは、この肩と腕の筋肉の一部を截り取って移植したんです。が、それがどうもうまく行かなかったらしくて、こんどは胸の肉まで截ってしまったんです。そうして、その跡へはこっちの左の太腿の筋肉を截り取って移植したんです。まァ、口でこんなふうに言ってしまえば、まるで切り張り細工みたいで、至極簡単なようですが……」

「あら、お客さまの前で、そんな裸になんかなったりして」

隣りの部屋からお茶菓子を運んできた妻女が、夫をたしなめた。

「いや、これは失礼」

住職はあわてて袖を通すと、ぺこりと頭を下げた。

「しかし、ご住職はたいへんお元気そうですな。とてもそんなむずかしい病気をなさった方とは見えませんが」

伊作の言葉はお世辞ではなかった。

「はい、おかげさまで」

住職の顔に微笑が浮かんだ。

「癌を宣告された人間が、こうして五年も死なずにピンピンと生きております。これも仏の慈悲とありがたく思っております」

隣室で電話のベルが鳴った。居間から立って行った妻女が、そこから声をかけてよこした。

「北原さんから、もう三十分ほどしたら、こちらへお迎えの車をよこしますって」

「お待ちしてますといってくれ。どうもこれは自分の話にばかり夢中になって……」

住職はあらためて詫び言をいってから、やっと本題に入った。

しかし結局のところ、伊作がこの寺を訪ねてきた肝腎の用件は果されなかった。一念寺は大正の中頃、裏手の農家からの出火で庫裡が類焼し、古い過去帳や古文書の類などはみな焼失してしまったという。(因みに、この一念寺は正和年間の創建というから凡そ六百六十年ほどの歴史を持つ寺ではあるが、むろんその間、幾度かの火難に遭ったにはちがいない)また先代はこの土地に生れ育った人だから、村の古い歴史や古い檀家の経歴などについてはたいへん詳しい人であったが、これも先年亡くなり、跡を継いだ現在の住職はよその町からこの寺に入ってきた人であるという。

「こんなわけで、さっぱりお役に立たなくて……ところで家内から聞いた話では、あなたはこの村から出た高峰好之という人のことをお調べになりたいとかいうことでしたが、その方とはなにか特別のご縁でも?」

と住職はいった。

「ええ、その高峰好之という人間とは、ちょっと妙な縁があるんです」

伊作は曖昧な答え方をした。その〝妙な縁〟というのに彼は正確な説明を加えなかった。

「のちほどお迎えの車をよこしてくれる北原貞二という方は、この隣り町の人で、なんでも甲府で電気工事関係の会社の社長をしている方だそうですが、この北原さんがどうもその高峰という方の縁戚に当るらしいということを、実は家内が偶然にうちの檀家の者にきいて知った次第なんです。それもつい昨日のことで……」

住職の言葉のあとを妻女が引き取った。

「きょうあんたさんが東京からお見えになるというんで、昨晩北原さんのところへお電話してみたんですよ。そうしたら、たしかに自分は高峰好之の縁戚に当る者だが、その志村というのはどういう人なんだと聞かれてね。よくは知らないけんど、なんでも新聞や雑誌に物をお書きになる方らしいとだけ申し上げておきました。さいわい明日は仕事が一段落して休んでもいい日だから、自宅でお待ちしてますって。でも、あたしうっかりしてて、その北原さんがどういう筋の縁戚に当るのか確めずにしまってね」

「いや、結構です。どんな縁戚にしろ、とにかく血のつながりのある方なら、いろいろ参考になる話を聞かせてもらえるでしょうから。とんだお手数をおかけして……」

伊作はこの親切な住職夫婦に礼をいってから、水の入った手桶と柄杓《ひしやく》を借りて、本堂の裏手にある墓地へ出た。

墓地もまたひどく変貌していた。かつてここには田舎の古寺にふさわしい素朴な寂びがあった。湿った土の匂いと、生い繁る野の草と、可憐な野の花々に縁取られた墓の路があった。が、いまそれは塵一つとどめぬ固く乾いたコンクリートの路になっている。さして広くもない墓地の全域に深い緑の影を落していた背面の杉と松の木立ちがきれいに伐り払われて、そこにはただ無機質に明るいだけの空間がむなしくひろがっているだけだ。そして押しひろげられた新しい墓地には、ほとんど画一的な形をした新しい墓石の群れが、分列式の兵隊のように行儀よく並んでいる。

しかし墓地の一隅に、太い幹をみせてどっしりと立ったあの欅《けやき》の大樹だけはさいわいに健在だった。逞しく張りわたった枝々はいま美しい若葉に飾られている。

高峰家の墓は、その欅の大樹をすぐ背にした小さな場所に、ほとんど裸の形のまま捨て置かれていた。古ぼけた二個の石燈籠と一基の石仏だけが辛うじてその囲いの役を果している。半ば風化した墓石はいちめんに赭黒《あかぐろ》い鉄錆色に覆われて、碑面の文字はまったく判別ができない。が、そこには橘の紋と「先祖代々之墓」という文字が刻まれているはずだった。その橘の紋所が高峰家の家名の代用であり、おそらくそれは何代か前この地一帯の庄屋として苗字帯刀をゆるされたという高峰家の唯一の誇りの象徴でもあった。

伊作は、この見捨てられた哀れな墓の前に立って、声をかけた。

「親父《おやじ》さん、またやってきましたよ。二十二年ぶりです」

それから、彼は手桶の水を何杯か墓の頭の上から注ぎかけ、一束の線香と花を供えて、掌を合わせた。

伊作の父、高峰好之はこの墓の下にひと握りの骨片となって納まっているはずだった。

「しかしお断わりしておきますが、こんどもまたぼく自身の意志でここへ来たんじゃありませんよ。この前とおなじようにおふくろの代理としてきたのです。おふくろは満で八十五歳になりました。健在といいたいところですが、この頃は高血圧でときどき眩暈《めまい》を起して倒れます。ふだんでも一日の大半を寝床のなかですごしています。眠っているうちに〝お迎え〟がくればいいというのが、この頃のおふくろの口癖ですが、ぼく自身もそれをこのおふくろのために願っていいます。そういうぼく自身は六十四歳になりました。あなたは五十六歳で亡くなったのだから、そのあなたよりぼくはもう八歳も年上の爺さんになった、というわけですな。なんだかすこし滑稽な感じがしませんか」

伊作は声にはならぬ声で話しかけた。そして彼はこの墓をはじめて訪ねてきた日のことを思い出した。

――二十二年前の六月の或る朝、二階の仕事部屋で眠っていた彼は、階下からきこえてくる時ならぬ読経の声で目を醒まされた。前夜からの徹夜仕事で明け方やっと寝床のなかへもぐりこんだばかりの彼は、寝巻姿のまま不機嫌な顔つきで階下へおりて行った。すると、居間の一隅に置かれた小さな仏壇の前で、衣服をあらためた母と、ふだん着のワンピース姿の妻とが神妙に頭を垂れて、僧侶の読経に耳を傾けていた。

「きょうは亡くなったお父さまの十七回忌ですって。あなたも早く仕度をしていらっしゃいな」

台所で顔を洗っている伊作のそばへきて、妻の節子がいった。

母が「父」のためにわざわざ僧侶をこの家に招くなどというのは、伊作の記憶するかぎり、これがはじめてのことだ。やがて身仕度を整えた彼は、半ば不審といった顔つきを隠さず母の背後にすわった。

その小さな、あまり立派でない仏壇には四つの位牌が置かれていた。伊作の一つ年上の兄と、二つ下の弟と、そして戦災で死亡した伊作の前の妻とその一人の男の子と（いっしょに死んだこの母子は一つの位牌に仲良く名を並べていた）この四人の死者はみな中野区の或る古い禅寺の墓地にある志村家の墓に葬られていたが、ただ一人「清浄院愍誉好善治道居士」というものものしい戒名を持った人物だけは、別な墓地に別な墓を持っていた。そしてその墓の下には彼の正妻もいっしょに並んで眠っているはずだった。

伊作たち兄弟の母である志村文子は、高峰好之の〝蔭の女〟である。生れた子供たちは父好之によって認知された庶子でありながら、戸籍面ではいずれも他家から貰われてきて、実の母である志村文子と「養子縁組」した子として届け出られている。それは子供たちの暗い出生を隠蔽するための苦肉の策であったにちがいない。だが、そんな子供だましの手品にも似た嘘は、いずれはバレるに決まったことだ。しかもその幼稚で悪質な詐術によってかえって彼等は、やがて多感な青春期を迎えた子供たちにとって、憎悪と怨恨と屈辱と憐憫の対象となったのである。だが、嵐の季節はすでに遠い過去のものとなっていた。いま四十代の中年男となった伊作にとって、彼自身の出生はいわば歴史的な（運命的なという感傷的な臭いのする言葉を彼は意識的に拒否していた）一つのささやかな〝事実〟として受容されていた。

読経を終えた僧侶が帰ってから、母は伊作にいった。

「この頃つづけてお父さんの夢ばかり見るもんだから、気になってお坊さんをお招びしたんだよ。ほんとなら、多磨墓地にあるお父さんのお墓にお詣りしてきたいところだけど、あちらへはわたしは行けないからね」

なぜです、と息子は質ねなかった。正妻といっしょに眠るその墓へ〝蔭の女〟が行けぬのは当然だった。

「この神経痛さえなければ」と母は右膝を軽くさすりながらいった。「お父さんのお骨《こつ》が分骨してある田舎のお墓に、せめて一度だけでもお詣りしてきたいと思っているんだけどねぇ」

「その田舎のお墓って、どこにあるんです?」

「あァ、それがねえ……昔はたしかに知ってたんだけど……なんでも甲府に近いなんとかという村だったんだけど」

「なんとか村じゃ、しようがないな」

「あちらの治彦さんにでもきいてみたら、きっとわかると思うんだけどねぇ」

母はいつになくしつこかった。そしていま、この母の口から出た〝あちらの治彦さん〟というのは、伊作にとっては五つ年上の異母兄に当る、高峰家のただひとりの嫡子の名であった。

しかし伊作は、この異母兄が東京のどこかに住んでいるらしい、という以上の知識を持たなかった。彼にとって、この異母兄の存在はまったく関心の外に置かれている人物であったからである。彼は気休めに母にいった。

「治彦さんの勤め先をなんとか探し出して、その田舎のお墓の在り場所をきいてみますよ」

「ほんとかい、ほんとにそうしておくれかい?」

白髪頭をきれいに撫でつけた六十三歳の母の顔に、たちまち喜色が甦った。

翌日、横浜の自宅から東京に出た伊作は、有楽町のある大手の新聞社の調査室に勤めるMを訪ねた。Mは郷里の中学の先輩で、高峰治彦とはたしか同期の卒業のはずだった。伊作はこのMがまだ学芸部の記者をしていた頃、何度か雑文の原稿を届けて親しく口をきき合うようになった。むろん彼は伊作と治彦との関係もよく知っていた。

「なんだ、きみたちはまだ会っていないのか。二人とももういいかげんな年なんだから、こだわることはないじゃないか」とMはいった。

「こっちは別にこだわっているわけじゃない。ただ、いままで会う必要がなかっただけのことだよ」と伊作は答えた。

しかしMは親切に机の抽出しから古い名刺のいっぱい詰まった箱を三つほど引き出して、一枚一枚ていねいに調べてくれた。それは案外簡単に見つかった。

治彦の勤め先は、新橋・田村町のNビルの四階にあるS工業という或る新興財閥系の機械製作の会社だった。治彦はそこの常務取締役をしていた。

伊作はMに礼をいって新聞社を出た。それからすぐ近くの喫茶店に入り、そこの電話を借りてS工業へのダイヤルを廻した。廻しながら、ふいに指先が止まった。

「せっかくだが、父の墓へなぞ詣って下さる必要はありません」

そういう声が、彼の耳に聞えてきたからである。彼の顔面に血が噴き上った。赧《あか》くなったな、と彼は思った。「嫡子」と「庶子」という二つの言葉が、鮮明な活字のように彼の頭に刻印された。彼はダイヤルから指を離した。つい今し方、「こだわってはいない」とMに答えた言葉はやはり嘘だった。

その日、夕食の卓子をかこんだ母に伊作はいった。

「治彦さんの勤め先は到頭わかりませんでしたよ」

母は露骨に落胆の表情をみせた。

しかし結局、それから数日後、伊作は新橋のNビルに直接治彦を訪ねた。父の墓に本気で詣りたがっている母を、彼は捨て置くことができなくなったからだ。しかし治彦にあらかじめ電話で面会の許諾を取らなかったのは、相手に断わりやすい条件をあたえる懼《おそ》れがあったからである。

伊作はS工業の重役用らしい立派な応接室に通された。

「しばらくです」

「しばらく」

これが、この世ではじめて正式に対面する異母兄弟の最初の挨拶であった。

「あなたのお名前、ときどき新聞の広告で拝見してます」

と治彦はいった。

「それはどうも……」と伊作は答えた。答えながら、この異母兄の顔を見るのは何十年ぶりだろう、と彼は思った。それは正確な年数をすぐ計算できぬほど遠い少年の日の出来事だった。

しかし、いま、その何十年ぶりかで伊作の眼の前に置かれた異母兄の顔は、まるく膨らんで艶々した血色をみせ腹から腰の辺りへたっぷりと脂肪をつけて、いかにもどっしりした貫禄を見せている。が、太い鼈甲《べっこう》縁の眼鏡の奥だけは、この突然訪ねてきた異母弟に対する警戒の色をさすがに隠しきれずにいた。

伊作はさっそく用件を切り出した。

「あ、それは……」

治彦は驚きの声をあげた。

「その田舎の寺は一念寺というんです。甲府の駅からたしか二つか三つ手前のKという小さな駅で降りて、そこから車で、さァ、どれくらいかかったかな……なにしろ、その田舎の墓へは、親父の骨を分骨するときに行ったきりで、その後はまだ一度もお詣りしてないんで……」

「結構です。それだけ教えて頂ければ」

伊作は礼をいって、立ち上った。

何十年ぶりかの異母兄弟の対面は、いわば官僚の事務引継ぎといった形で簡単にすんだ。中年に達した二人の男は、自分の感情を隠蔽する術をすでに心得ていた。

伊作が神経痛を病む母の代理として、一念寺の墓の前に立ったのは、それから数日後のことである……。

「いや、滑稽といえば……」

と、再びこの墓の前に立った伊作は声にはならぬ言葉をつづけた。

「あなたの息子であるこのぼくが、あなたより八歳も年上の爺さんになったということより、あなたのかつての〝女〟であったぼくの母が、あなたより三十歳も年上の婆さんになったということの方が、はるかに滑稽であるかもしれませんな。しかもこの八十五歳になった婆さんが、この頃またしきりにあなたの夢を見るというのです。もっとも夢の中に出てくるあなたは、うしろ姿しか見せないそうです。ある時は、あの北海道のM市の、人っ子ひとり通っていない大通りをステッキをつきながら何かひどく孤独な感じで歩いているあなたであったり、またある時は、あのD浜の崖の上にぼんやり突っ立って海を眺めているあなたであったり、またある時は、あの大塚の癌研附属の病院の一室で、呻き声をあげながら苦痛に堪えているあなたであったり……そして、その夢の中のあなたはいつも右手に白い手袋をはめているそうです。

地方都市の一病院長として、ほぼ三十年間レントゲンを操作してきたあなたは、そのレントゲン線の過量曝射によって、右手の指先に癌腫を生じ、二本の指を切り落した。詰め物をした白い手袋は、それを患者の眼から隠すためのものだった。が、癌は指先から手首へ、手首から下膊《かはく》へ、下膊から上膊へ、上膊から右腋窩《えきか》へと転移するに及んで、やむなくあなたは病院の経営を副院長にまかせ、何度目かの上京をして大塚の病院に入院することになった。しかし、あなたはそこから生きてこの世にもどることはついに出来なかった。

いや、母の夢の話にもどりましょう。夢の中のあなたがあまりに孤独な感じなので、母が思わず声をかけようとすると、そのとたんに眼が醒めるんだそうです。そして、そういう夢の話をしたあとで、母はきまってこう云うのです。お父さんが可哀そうで、可哀そうで……

この時の母は、まるで死んだわが子を悼む母親のような表情と、ものの言い方をするのです。この母はわれわれ子供たちのおふくろであると同時に、いまやあなたに対してもおふくろのごとき存在になったのでしょうか。

かつて或る男の〝蔭の女〟として陽の射さぬ場所に置かれた一人の女が、年を経て、いつのまにかその男を憐れむ一個の母親のごとき存在となる。これはいささかユーモラスな感じのものではありませんか。それとも、これは女性というものの恐しさだ、というべきでしょうか。それともまた、これは〝時間〟というものの持つめでたさである、というべきでしょうか」

「なむあみだぶつ、なむあみだぶつ……」

いつ来たのか、僧衣に着かえた住職が伊作の背後に立って名号を唱えていた。伊作の父への呼びかけは中断された。

○

「お迎えの車が参りました」と住職はいった。

北原貞二氏の屋敷は、一念寺から青梅街道へ出て西へ十分ほど走ったところにあった。黒い鉄柵の塀をめぐらした門を入ると、すぐ右手に築山や花樹や石組みの池などのある洒落た庭が置かれていた。その池の縁に渋い和服姿で立って、鯉に餌をやっているのが北原氏だった。宏壮といっていい屋敷の右半分が今風の新造住宅で、左半分はまだ瓦屋根と白い土壁の古い土蔵屋敷の構えを残している。

「ごらんの通り家がすっかり古くなってしまったもんですから、いま半分ずつ建て替えているところです」

北原氏は玄関の前でそんな説明をしてから、新造の応接室へ伊作を通した。

「突然おうかがいして……」

名刺を交換しながら伊作はいった。伊作の名刺には肩書きはないが、北原氏のそれには「日本電信電話公社公認　信和電気通信建設株式会社　取締役社長」としてある。年齢は幾つぐらいか、七分ほどの銀髪をきれいに撫で分け、浅黒い顔の色に、肩と胸の肉の厚い、どっしりした押出しを持った人物である。

「一念寺の住職さんから、こちらは高峰好之の縁戚に当られる方だとうかがってきましたが」と伊作はいった。

「ええ、わたしはその高峰好之の甥に当る者です」と北原氏はいった。「つまり、わたしの母がその好之伯父の二番目の妹になるんです」

「あ、これは……」

伊作はすこし高い声を出した。好之の甥などという血筋の近い人間に会えるとは、思いがけぬ収穫だった。

「お母さまはご健在でしょうか?」

「もう十年ほど前に亡くなりました。で、あなたは好之伯父のことをお調べになりにこちらへおいでになったそうですが、何か?」

「申しおくれて失礼しました。実は私、その好之の息子に当る者なんです。私の母が昔、好之の世話をうけた女でした」

「あ……」

こんどは北原氏が驚きの声をあげる番だった。伊作は言葉をつづけた。

「いきなりこんなふうに申し上げても、信用して下さらないと思いますが、ご参考までに、これを」

伊作は持ってきた手提鞄の中から一冊の本を引き出し、栞をはさんだ頁を開いて、北原氏に差し出した。それは「M市医師会史」という五百頁ほどの、かなり立派な装幀を施した本であった。

「その『市立M病院の興隆』という章の最初に、高峰好之の略歴と業績が出ていますが、そのいちばん最後のところに、好之と私の関係に触れた文句が書かれています」

北原氏はその四頁ほどの文章にざっと眼を通してから、伊作のいう〝いちばん最後の文句〟にすこし強い視線を当てた。そこには、高峰好之と志村伊作と二つの名前が並べられ、この両人が父子の関係にあることが摘記されているはずだった。

「たしかに拝見しました」

北原氏はその本をゆっくり伊作の手に返しながら、すこし詠嘆的な口調でいった。

「それにしても、不思議なご縁ですなァ」

不思議なご縁、というその言い方に、社交辞令とはちがう実感があった。

「すると、なんですな。志村さんとわたしとは兄妹同士の子供だから、つまり従兄弟《いとこ》同士ということになるわけですな」

「あ、そうです。そういうことになりますな」

伊作はすこしあわてて答えた。彼は父好之とこの北原氏とが伯父甥の間柄にあることをつい今し方教えてもらいながら、彼自身とこの人との関係については、迂闊《うかつ》にも思い及ばずにいたのだ。そういう点では、伊作より幾つか年下と思われる北原氏の方がはるかに世故《せこ》にたけた人物といってよかった。

「ところで」と北原氏は、そんな伊作にはかまわず話をつづけた。「いまごろこんなことを申し上げては、証文の出し遅れみたいですが、実は先刻あの門を入ってこられるあなたのお顔を見て、死んだ兄が現われたかと思わずどきりとしたほどなんです。風貌があんまりよく兄と似ておられるんで」

「それはどうも……」

「やはり血ですかな。血というものはこわいもんですなァ」

北原氏はまた詠嘆口調になった。

「そうです。血というものはこわいものですな」

と伊作は答えた。しかし、あなたのいう〝血のこわさ〟と自分のいう〝血のこわさ〟とは意味が全くちがうのだ、と彼は思った。あなたのいう血のこわさとは、たまたま行きずりの縁を持った従兄弟同士の顔つきが似ている、というだけのことだろうが、自分のいう血のこわさとは、日蔭者の子とその父、というこの血の関係のこわさなのだ。この血のゆえに、かつては全力をあげて拒否しようとした存在を、いまはかえってその血のゆえに、〝父なるもの〟としてわがふところに受容しようとしている。すべては血のなせる業なのだ。血は法律を規定すると同時に、一人の人間の運命をも支配する。それが自分のいう、血というもののこわさ、なのだ。

しかし伊作は別なことをいった。

「いまお見せした本の中には、好之の出身地を山梨県としか書いていません。好之が東大の医学部を出て、北海道M町の町立病院長として迎えられてから以後のことは、母の口から折に触れてきかされて、おおよそのことは知っているつもりですが、好之がどんな家庭とどんな環境に育ったか、子供時代の好之はどんな性格の子であったか、また中学時代や一高時代にはどんなエピソードを残しているか――いわば、高峰好之という人物の生い立ちの記といったようなものを、もうすこし詳しく知りたいと思いましてね。私も年のせいか、一人の人間の生涯というものが妙に気になり出した、というわけなんです」

「おっしゃること、よく分ります」

北原氏は大きくうなずいてみせた。

しかし、伊作の得たいと思う知識を、この人はほんのわずかしか持っていなかった。それは当然のことだった。好之の二人の弟は二十代で夭折し、四人の妹たちもそれぞれの嫁ぎ先ですでに死没しているという。明治十四年生れの好之がもし存命ならば、今年で満九十四歳になる。この年齢を考えれば、彼の妹たちの死もまた当然としなければならない。それに彼は二十七歳で北海道へ渡ってから、その死まで三十年間、ほんの数えるほどしか故郷へ帰ってこなかった人間だという。明治末期の北海道という新開地の、数少い医者の一人として、しかもわずか二十七歳の若い町立病院長として、彼は彼なりの野心と使命感を持っていたにちがいない。それとも彼は、田舎の旧家の持つ古い因習や、複雑にじめついた人間関係を嫌ったのだろうか。それともまた、彼が渡道するころ、近村三ヵ村の戸長を勤め傍ら造り酒屋を営んだという彼の家はすでに没落に瀕《ひん》していたのか。げんに彼の家は、土地屋敷とも人手にわたって、いまはその跡形すらないという。とすれば、彼はみずから故郷を捨てたというより、逆に捨てられた人間であった。伊作はあの一念寺の、半ば朽ちかけて放置された哀れな高峰家の墓を思い出した。

「母が生きていればきっとお役に立てたのに、残念です」

と北原氏はいった。それから、ふいに大きな声を出した。

「あ、そうだ、好之伯父には治彦という息子さんがいるじゃありませんか。失礼ですが、あなたは治彦さんとは？」

「二十二年前に、一度、会いました。おふくろの代理で好之の田舎の墓にお詣りしたいが、その寺の名前を教えてくれといったら、あの人、驚いていましたよ。その時あの人は、自分はホトケさんのことはニガ手なんで、親父の骨を分骨するとき行って永代供養料とかいうものを納めたきり、その後は一度もお詣りなぞしたことがない、と苦笑していましたが……」

「あの治彦という人はちょっと変ったひとですな。実は、もうだいぶ昔の話ですが、わたしの長男が結婚する時、むりやり頼んであの人にこちらへ来てもらったんです。そして式の当日、親戚代表ということで一つスピーチをして下さいと頼んだら、ぼくはそういうことは出来ません、とピシャリやられましてね。仕方なくほかの人にやってもらった、ということがあるんですよ」

「あのひとは一人っ子だから……」

「そういえば、あの人もめったにこちらへは顔を見せませんな。こちらとはまるで縁が切れたようなものです」

「いや、仮りにも好之を父とする私のような者でさえ、父の故郷を訪ねるというのは、これがわずか二度目ですから」

「なるほど、故郷などというものは、いまではもう意味を失ってしまったのかもしれませんな」

話がとぎれ、沈黙がきた。北原氏は腕時計にちらと眼をやった。帰るべき時がきた、と伊作は思った。

北原氏は、最寄りのI駅から東京へ帰るという伊作のために、また車を貸してくれた。別れぎわに北原氏はいった。

「あいにく、きょうは末娘のお産で、家内が東京へ出かけてるもんですから、なんのおもてなしもできなくて……甲府へおいでになるようなことがあったら、ぜひわたしの会社へもお立ち寄り下さい。甲府なら、すこしはうまいものがありますから」

「ありがとうございます」

伊作は、きょうはじめて思いがけず出会ったこの親切な従弟にていねいに頭を下げた。

走り出した車の中で、伊作はI駅をやめてK町の役場へ行ってもらうように頼んだ。

町役場は、新築らしい二階建てのかなり立派な建物だった。伊作はここで車に帰ってもらった。しかし彼の望んだK町の郷土史は、この役場にも、隣りの公民館の中にある郷土資料室というのにもなかった。それは現在編纂準備中で、完成までにはすくなくとも四年はかかるだろう、ということだった。伊作は観光用のパンフレットを何種類かもらっただけで役場を出た。

彼はH駅（かつてのK駅は名前が変っていた）へ向ってゆっくり歩き出した。それから狭い路を南へ折れて、笛吹川《ふえふきがわ》の河畔に出た。この辺り河は瘠《や》せて水量はとぼしいが、土堤の上からの眺めは美しかった。盆地の到る所に桃畑がひろがり、花はいまが盛りだった。距離の遠いところは、文字通り艶な花雲がたなびいている。

彼は土堤の上に腰を下して、たばこに火をつけた。

二十二年前、彼がこの村をはじめて訪ねたとき、この辺りは麦畑と桑畑と小さな果樹園だけの貧しげな農村だった。路を行く人々の顔つきも何となく暗かった。それが今は、桃と葡萄と温泉の湧く豊かな観光の町と化している。街道を車を飛ばして行く若者たちの顔にも活気が満ちている。

伊作はふいに或る人の言葉を思い出した。

「油揚げと昆布を食べろ、油揚げと昆布を食べろ。体が丈夫になるからな」

その人は夕食時、家にやってくると、三人の男の子と一人の女の子とが賑やかにかこんでいる食卓の上をぐるりと見まわして、口癖のようにこう言う。傍にいる祖母が「あぶらげとこんぶはきのう食べさせました」と嘘を答える。すると、その人は「む、む、む」とうなずきながら、ゆっくり二階へ上って行く。

が、ある時、その人の口から例によってこの言葉が出たとき、四人の子供たちは一斉に笑い声をあげた。それから、その人の言葉が変った。

「てんぷらを食べろ、てんぷらを食べろ。それに大根おろしもな」

おそらく、その人の虚弱だった少年時代、父親か母親にうるさくいわれて、むりやり油揚げと昆布を食べさせられたのだろう。そして、貧しい農村のつましい暮らしの中では、油揚げと昆布はだいじな栄養食品であったのかもしれない。

「顔をもっと離せ、顔をもっと離せ。近眼《ちかめ》になるからな」

茶の間に散らばって、四人の子供たちが絵本や雑誌を読んでいるとき、その人はまた決まって、こういったものだ。

おなじ言葉を二度くりかえしていうのが、その人の口癖だった。おそらくそれは、町医者として病気に無知な患者に念を押して説諭する、その職業的な語法がいつのまにか無意識の癖になったのだろう。

伊作は死んだその人に向って声をかけた。

「あなたは、この古里の土の下にまったく捨て置かれている。しかし、この美しい桃の花園があなたを慰めてくれるだろう。そしてもし、母の死ぬ日がきたら、その一片の骨を持って、もう一度あなたの墓を訪ねるだろう。そうしてその一片の骨を、あなたの墓の傍近くそっと埋めてやるだろう。それを、あなたはゆるしてくれるだろうか」

風が立った。近くの桃畑から苦味をふくんだ甘い花の香りが鼻先をくすぐってきた。伊作は土堤から立ち上った。

伊作が、異母兄の治彦をもう一度訪ねなければならぬと思ったのは、それからほぼ半月後のことである。それも彼自身の意志ではなく、こんどもまた母のためであった。

○

——その夜遅く北海道の旅から帰った伊作は、茶の間で水割りのウイスキーを飲みながら、妻の節子に旅の話をきかせていた。母はもう別室で眠っていた。こんどの旅のついでに、伊作は何年ぶりかで故郷のM市へもまわってきた。妻の節子も、そのMへは十年ほど前一度つれて行ったことがある。その時は船で埋まっていた港が、こんどは不況の祟《たた》りかほとんど空《から》になっていた。その話をしている途中、ふいに節子が口をはさんだ。

「あ、そうそう、それで思い出したんだけど、あなたが北海道へ発った晩、あたしはおばァちゃんと二人でM市の思い出話をいろいろしたのよ。おばァちゃんは生れ故郷の津軽の話なら、いつもニコニコ顔でしてくれるのに、北海道のこととなると、きまって食べ物の話ばかりでしょ。氷のついた冷たい鰊漬けの話だとか、鮭の鮨の作り方だとか、海から獲れ立てのイカが大きなバケツ一杯でたった十銭だったとか……」

「食い物の話以外に、あそこは、おふくろにとっては愉しい所ではなかったんだろうからな」

「ところが、その晩はいろいろなことを話してくれたの。お父さまのこともね。そうしてその長いお話のあとで、おばァちゃんはこんなことをいったのよ。わたしはこの年になるまで生きてきて、ひとさまにとくべつ迷惑をかけるようなことはしてこなかったつもりだけど、あちらの奥さまだけには罪をつくったッて……」

「何？」

「い、い、あちらの奥さまだけには罪をつくったッて」

「バカな！」

伊作はすこし大きな声を出した。

「罪をつくったのはおふくろじゃない。おふくろは罪をつくらされた女なんだ」

「だから、あたしもいったのよ。おばァちゃんが悪いんじゃない。お父さまが悪いんだッて……」

「おふくろは何といった？」

「なんにもいわないで、うつむいてたわ。それからまた、ぽつんとこんなことをいったのよ。わたしにももう間もなくお迎えがくるだろうけど、こんな罪をつくったままでは、とても極楽へは行けないだろうねッて……」

「バカな！」

伊作はまた大きな声を出した。酒に酔うと、だんだん声の大きくなってくるのが、彼の癖だった。

「おふくろはそんなことを考えているのか。罪だとか、極楽だとか……」

伊作には、この母がすこしばかり意外であった。この母はとくべつ信心に厚いといった女ではない。横浜に住んでいた頃、月に一度か二度、川崎のお大師さまにお詣りに行く、というのがせいぜいのところだった。婆さん連中と講などをつくって、全国の有名な寺々をまわって歩くというようなことも、その永い生涯のなかで一度もしたことがない。

ことに数年前、横浜の家からこの東京西南郊の団地へ移ってきてからは、足場がわるくなったのと、込む乗り物にのるとすぐ悪酔いする癖がついて、大師詣りも沙汰やみになってしまっている。この母にとって、仏事といえば、毎朝自分の部屋の簞笥の上に飾ってある小さな仏壇に、線香と水をあげるというくらいのものだ。

しかしこの夜、妻の口を通じてきかされた母の二つの言葉は、あとあとまで強く尾を曳いて伊作の心に残った。

とくに「あちらの奥さまだけには罪をつくった」という母の言葉は、それが伊作にとっては思いがけぬ言葉だっただけに、一層重い力をもって彼を動かした。

が、それにしても、あの母はいつ頃からこんなことを思っていたのか。「罪」ということのむずかしい言葉を、母はどんな意味に解釈しているのか。おそらく母は単純に、一人の男をその妻と子の手から奪った、という意味で、この「罪」という言葉を使っているにちがいない。しかし、果してそれは〝奪った〟のだろうか。十九歳の一人の若い芸妓が、たまたま宴席で一人の男の眼にとまり、落籍《ひか》されて一戸を構えた、というだけのことではないか。しかも男は、それによって彼自身の家庭を決して破壊したわけではなかった。彼の妻は依然として町立病院長夫人であり、区立病院長夫人であり、市立病院長夫人であった。そして彼のただ一人の嫡子もまた依然として、町の名士のお坊ちゃんとして遇されたはずである。しかし一方の女は、日蔭者として囲われることによって、生涯、太陽の光と自由を奪われることになったのではないか。そしてその子供たちもまた、〝日蔭者の子〟として、容易に癒やし難い怨恨と屈辱の傷を負わねばならぬことになったのではないか。どちらが加害者であり、どちらが被害者であるのか。

「いや、しかし……」

と伊作はあらためて考え直してみた。

もし母が、ひとの手から何ものかを奪ったという意味で「罪」という言葉を使っているなら、それは一人の男をはさんだ二人の女の、いわば愛の競争において、自分の方が勝った、という、ひそかな思いが、かえって逆にそれを「罪」として母の潜在意識にはたらきかけるのではないか。

「なんということだ……」

伊作は彼自身の勝手な推理に思わず苦笑をもらした。

あの母が、あの八十五歳になった母が、その生涯の最晩年に、みずから〝愛〟の勝利者をもって任じ、かつそれを〝罪〟としてひそかに愧《は》じ、懼れている。

笑止なことだった。噴飯に値することだった。

しかし息子の伊作がどんな勝手な推理をするにせよ、当の母自身が「あちらの奥さまだけには罪をつくった」という思いを持っていることだけは、否定し難い事実であった。しかも母は、その罪の思いを、やがて間近に訪れるであろう「死」の旅路の最大の障害とさえしているのだ。

この母に、あの世とやらは実在しないのだ、したがって地獄も極楽もまた存在しないのだ、といくらしたりげな顔つきで説法したところで、おそらく無駄というものだろう。この母は、若くして死なれた二人の子供（その一人は二歳の時他家へ養子にやった子であった）が、その死の直前、疑いようのない明らかな姿で夢枕に立った、という経験から、霊魂というものの存在を頑固に信じている。この母にとって、あの世は実在するのだ。したがって地獄も極楽もまた存在するのだ。

しかも当の伊作自身、すでに還暦をすぎて、「死」は必らずしも遠くないものになりつつある。げんに学生時代からの古い友人が、このところ三人も相次いで歿している。火葬場の焼却炉から、熱く灼けた鉄の板に載って無造作に引き出されてくるあのグロテスクな白骨の塊りを見るたびに、これがつまり「死」というものなのだ、と自分にいいきかせながら、しかし日が経って彼の眼の前に立つのは、いずれも生ける日の彼等の姿である。死は永遠の闇への消失ではなく、一つの新しい〝転生〟なのだとする考え方に、近頃の彼は無意識に惹かれつつある。とすれば、あの世の存在を頑なに信じている母と、この伊作自身とはそうたいした違いはないではないか。

しかしいま、さし当って問題なのは母の方であった。一日の大半を寝床の中でうつらうつらとすごしている母の、その老耗した頭脳のなかに、或る一人の女への消し難い〝罪〟の思いが煤黒く染みついているとすれば、それをまず祓《はら》ってやるのが、息子の義務というものではなかろうか。

「しかし、どうしたら、それを祓ってやることができるのか？」

伊作は戸惑った。『罪と罰』は、いままでの彼にとっては、ある外国の小説の題名にしかすぎなかった。若い日にそれを読んだ彼は、その難解な主題はそっちのけにして、ただ作中の女主人公《ヒロイン》である可憐な聖娼婦に恋しただけのことであった。

しかしその可憐な聖娼婦は、殺人犯である貧しい一大学生に向って、こういう。

「広場へ出て行きなさい。そして、大地にひれ伏し、そこへ口づけしながら、あなたの犯した罪を告白なさい」

美しい場面であった。感動的な場面であった。若い学生の伊作は、そこで涙を流した。しかしそれは遠いロシアの国の物語であった。

それなら、現在の伊作は母に向って、こういえばいいのか。

「おばァちゃん、多磨の墓地へ行きなさい。そしてあちらの奥さまの墓の前に立って掌を合わせ、あなたの犯した罪とやらを懺悔なさい。そうしたらおばァちゃんは、きっと極楽へ行けるでしょう」

伊作は思わず笑い出した。笑うより仕方がなかった。彼はそのまま母を放置した。

——ある日、その母がまた倒れた。浴室から出たとたん眩暈を起したのである。さいわいどこにも怪我はなかったが、倒れるとき腰をひねったらしく、母は床に就いたまま動けなくなった。そして食欲が急速に減って行った。

「きょうね、おばァちゃんの体をお湯で拭いてあげたのよ。蒲団から抱き上げるとき、おばァちゃんの体がまるで赤ちゃんみたいに軽いんで、あたし、びっくりしちゃったわ」

その日、出先から帰った伊作に妻の節子がいった。

「おふくろは、いままで目方が十貫以上になったことがないというひとなんだ」

「だいじょぶかしら？」

「何が？」

「何がって……」

「ああ、だいじょぶだ。芯の強いひとだからな」

伊作が、治彦を訪ねてみよう、とふいに思いついたのはその夜のことである。

○

治彦夫婦の住む家は田園調布にあった。その家を伊作に教えてくれたのは、先日一念寺を訪ねた折に出会った北原貞二氏である。

「治彦さんの勤め先もここには書いてあるけど、あのひともう相当の年のはずだから、いまはどこにも勤めていないでしょう」

と北原氏は、かなり古くなった住所録をめくりながらいった。

「私よりたしか五つ上ですから、六十九歳になるはずです」と伊作は答えた。

「ああ、それじゃもうご隠居さんだ。羨ましいですなァ」と北原氏は笑いながらいった。

伊作は、できれば治彦の勤める会社の退け時をねらい、どこか酒でも飲めるような場所で会いたかった。しかし北原氏のいうように、六十九歳という年齢なら、おそらくいまは隠居の身分であろう。仕方なく彼は田園調布の家に電話をしてみた。

「あら、伊作さん？　まァ、めずらしいこと……」

電話に出たのは、治彦の妻の圭子の声だった。圭子という名を教えてくれたのは、伊作の母である。その圭子の声は驚いていた。が、警戒という感じはなかった。近いうちに一度お訪ねしたいが、という伊作の申し出に主人はいまも会社勤めの身だから、日曜日の午後一時頃きてくれという圭子の返事だった。

その日、伊作は治彦を訪ねることを母には伏せておくようにと妻にいい残して、家を出た。

高い樹木と高い塀をめぐらしたその閑静な屋敷町のなかで、治彦の家は何か年寄りの牧師さんでも住んでいそうな、すこし古びた、平屋建ての小ぢんまりした洋館であった。玄関の扉に蔦が這い、生垣にとりどりの色の薔薇が咲いている。

「しばらくです」

「しばらく」

二十二年前とそっくり同じ挨拶だった。

「あたしは、伊作さんとは二度目ね」

と圭子の方が先に声をかけてくれた。

「ぼくははじめてだとばかり思っていましたが……」

「いいえ、前に一度お会いしてるわ。ほら、お父さまがあの大塚の癌研の病院に入院していらしたとき、あなた、お見舞にきて下すったことがあるでしょ?」

「たった一度だけ……」

「あのとき、病室でこちらの母といっしょにお目にかかったはずだわ。でも、あの時あなたはあたしなんかには眼もくれず、お父さまのいらっしゃるコバルト照射室の方へ飛んで行ってしまったから」

圭子のこのユーモラスな言い方で、座の空気がゆるんだ。三人は鼎座という形で、それぞれのソファに体を沈めた。

二十二年ぶりの治彦はさすがに衰えていた。黒く豊かだった頭髪も、前頭部が大きく禿げ上り、色もかなり褪せている。膨らんだ顔の輪廓も、腹や腰のあたりのたっぷりした脂肪のつき方も昔とたいして変らないが、しかし躰全体からは往年の精気はさすがに感じられない。むろん老いはこの治彦だけのものではなかった。伊作自身、頭はすでに八分通りの灰色である。顔は瘦せて尖がり、躰からは脂肪も筋肉もだいぶ脱け落ちてしまっている。ただ逆さに吊り上った太く濃い眉毛だけが、この二人に共通するものだった。そしてこれは彼等の「父」の眉毛でもあった。

「眼の方はいかがですか？」

伊作は、圭子から電話できいた治彦の眼のことをまず持ち出した。

「ええ、ありがとう。わたしのは老人性の白内障だから、抛《ほう》っておくより仕方がないんです。いま頃の明るさなら、たいして不自由はないんだが、夕方になると、やはりあちこち躓《つまず》きます。とくに駅の階段の登り降りにはよく失敗します」

「お勤めは？」

「ある大手の銀行が創立八十周年の記念事業として、かなり大きい規模を持った化学――バケ学の方ですが――化学技術研究所を多摩の方に作ったんです。わたしはそこの若い学者たちのやってる仕事をただ事務的にマネージしているだけのことです。が、あなたの方は、やはり文筆で？」

「ええ、その方でなんとか暮らしています」

「わたしも家内も、文学の方はさっぱり駄目な人間だから……」

「ぼくの方としては、かえって好都合です」と伊作は笑いながら「実は、先日山梨の田舎へ行って、親父さんのお墓にちょっとお詣りしてきたんですが……」

「あ、それはどうも……」

「あちらのお墓、だいぶひどくなってたでしょ？」

横から圭子が口をはさんだ。伊作はすこし嘘を答えた。

「いや、あの一念寺の住職はまめなお坊さんらしくて、墓地はとてもきれいになってましたよ。そのお坊さんの紹介で、隣り町に住んでいられる北原貞二さんにもお目にかかってきました」

「あら、それなら、あの方からあたしたち夫婦の悪口をずいぶん聞かされたでしょ？」

また圭子が口をはさんだ。話好きの女らしい。

「あたしたち、田舎では評判がわるいのよ。うちの主人も、それから主人の亡くなったお父さまも、田舎からお嫁をもらわず、父子二代東京の女と結婚して、さっぱり田舎へは顔を出さないでしょ。ことに亡くなったお父さまには、大学時代にちゃんとした許嫁《フィアンセ》がいたのよ、縁戚に当るお金持ちの娘でね。ほら、田舎では、家の財産を他人の手に渡さないために、よく血族同士で結婚させるでしょ。とくに甲州人はケチだから」

圭子はズケリといった。伊作のこの圭子に関する知識はすべて母からの受け売りだが——母はまた父からの受け売りだろうが——それによれば、この圭子は治彦とはたしか同年のはずだった。が、とても六十九歳のお婆さんとは見えない。頭こそかなり白いものが目立つが、まだ量のたっぷりしたそれをきれいに撫でつけ、小柄な躰に栄養のよくゆきわたった艶のいい皮膚の色をしている。声も若く言葉も明晰で、頭の回転もかなり速いようだ。伊作は、すこし権高で冷たい感じのする女を想像してきただけに、この圭子の前ならば、治彦とは安心して話ができそうだ、と思った。

「実はきょう伺ったのは、こんなものが手に入ったものですから……」

伊作は手提鞄の中から、すこし傷んだ一冊の古本を引き出した。剝がれた背綴《せとじ》の部分にはビニールテープを貼りつけて補修してある。表紙の色も本文の紙の色もかなり褪せて、綴糸もだいぶゆるんでいる。昭和三年八月発行の四六判三百二十頁ほどの本である。

「これは『医学博士・石沢庄三郎著　医業二十年の回顧』という本ですが、この石沢庄三郎という名前に記憶はありませんか？」

「さァ……」と治彦はしばらく眼をつぶってから、首を横に振った。「記憶がありません」

「これは親父さんがあの北海道のM市の——その頃はまだM町でしたが——町立病院の院長をしていた時の副院長です。この本には町立病院院長時代の親父さんのことがかなり詳しく出ていますが、しかし記述の大半はやはり著者自身のことが中心になりますね。これはむろん当然だけど、もし親父さん自身に、こういう回顧録のようなものがあったらば、と思って……親父さんにはずいぶん沢山の日記があったと思いますが……」

「それなのよ」とすぐまた圭子が口をはさんだ。「実はね、お父さまが亡くなられて、あの高峰病院を島本さんにお譲りするとき、医学書は別として、そのほかの本は全部始末しちゃったの。むろんお母さまと相談の上よ。ところが日記の方は、函館にお父さまと親しかったお医者さんがいらしてね、その方から『将来自分は高峰好之の伝記を書くつもりだから、日記だけは保存しておいてくれ』っていう手紙を頂いてたもんだから、それだけはだいじにこの田園調布の家に送ったのよ。大きな茶箱四つにぎっしり詰まってたわ。でも結局、お父さまの日記は、戦争中、そのお庭の真ン中で全部焼いちゃったのよ」

戦争も終りに近い昭和二十年の五月下旬、この閑静な屋敷町にも敵の焼夷弾が何十個か落ちて、ここからあまり遠くないところがかなりの範囲にわたって焼けた。そのとき紙類だけはいつまでもぶすぶす燻って、夜など、思いがけぬ時にまためらめらと赤い炎を上げて燃え出すことがある。それが敵機の目標になるというので、隣組長から『紙類は全部自発的に焼いて、完全な灰にしてくれ』というきびしい達示《たつし》が出た。それで馬鹿正直に、だいじに保存しておいたその日記類も全部庭に持ち出して焼いてしまった、という。

「いま考えれば、ほんとにバカなことをしたと思うわ」と圭子はまた話をつづけた。「でもね、あたし、その日記を焼くとき、ちょっとだけ覗いてみたのよ。あたしたちの結婚した日のところだけ。そしたらね、『治彦、圭子、本日結婚式を挙ぐ。感涙に咽《むせ》ぶ』って書いてあったのよ。あたし、うれしかったわ。ついでにほかのところもパラパラとめくってみたの。ドイツ語で書かれた文章もあったわ。たぶんあたしの悪口じゃなかったかしら。でもね、その日記、あたしお母さまといっしょに焼いたんだけど、うちの主人ときたら、手も触れなかったのよ。ね、あなた、そうでしょ?」

と圭子は治彦にいった。

「ああ、ぼくはひとの日記なんかには、全く興味はないから」

と治彦は無表情に圭子に答えてから、伊作の方に顔を向けた。

「わたしはあなたとちがって、一人の人間の心のひだを奥深くさぐってみよう、という好奇心も関心も全く持てない人間なんです。そういうふうに頭が向いて行かない人間なんです。そのくせ妙なことは考えます。わたしはついこないだアメリカから帰ってきたばかりですが、ニューヨークではウォルドルフ・アストリアホテルというのに泊りました。あの辺りは、あなたもご承知かもしれないけれど、近代文明の粋を凝らした大高層建築がずらりと軒を並べていて、まァニューヨークの中心街といってもいいところですわな。ところが、その街の通りを歩いている若者たちときたら、どれもこれもみな乞食みたいな格好をしている。そういうのが手に手にコーラを飲んだり、ハンバーグなぞを齧《か》じりながら、群れをなしてぞろぞろ歩いている。その彼等の顔ときたら、実にぞっとするほどうつろな眼つきをしてるんです。そしてそのコーラの瓶でもハンバーグの紙袋でもみな平気で通りへ捨てて行くもんだから、その通りはまァゴミだらけといっていいほど汚れているんです。そしてちょっと風が吹くと、そういう紙屑やゴミの塊りが舞い上って、こちらの顔へべたべた貼りついてくるんです。するとね、〝文明〟というものは一体何なのか？　近代文明の粋を凝らした街の中で、若者たちはどうしてこんな荒廃した顔つきをしてるのか？　人類は必死になって〝文明〟というものを追いかけているが、その果ては一体どういうことになるんだろう、なんていうようなことを考えさせられましてね。わたし自身、さきほどあなたにお話したように、化学技術研究所などというところに勤めているもんだから、一層そういうことを考えさせられるんですな。もっともわたしは、そういうことをちょっと考えるだけで、それを深く押し詰めてみるという能力はありません。しかし、一個人の内面などというものには全く興味を持たないくせに、文明だとか人類の運命だとかいうものには、浅いながらに、すくなくとも関心だけは持っている、というのは、すこし滑稽な矛盾かもしれませんね」

「いや、ぼくは必らずしもそれを矛盾だとは思いません。あなた流にいえば、頭を向ける対象の相違にすぎないと思いますよ」

伊作はさらに言葉をつづけた。

「いまあなたは、一個人の内面などには全く興味はないといわれたけど、しかし、親父さんが亡くなった時、あなたが新聞にお出しになったあの死亡通知の文章は、情理を尽くしたたいへん立派な文章だったと思いますよ」

「ああ、あれ……」

治彦はすこし驚いた声を出した。

「実はぼくの読んだその文章というのは、うちのおふくろがM紙の新聞から切り抜いて、親父さんの写真の裏に隠して置いたものなんです。つい先日、うちの家内がその写真を入れた額縁のガラスを掃除しようとして、思いがけなくそれが出てきたんです。親父さんの亡くなったのは、昭和十二年の六月十日ですから、ぼくがそれをはじめて読んだのは、実は三十八年目ということになりますね」

その死亡通知の文章は、四行ほどの前文のあとに、活字の形を二つほど小さくして次のような記事が書かれていた。

職業柄X線ヲ取扱フ事多ク、之ガ永年ノ刺戟ニ依テ右手ニ癌腫ヲ生ジ、淋巴《リンパ》腺ニ沿フテ進行、右腋窩ヲ冒サルルニ及ンデ遂ニ之ニ斃レマシタ。

明治卅八年東大医学部ヲ卒業、助手時代ヲ経テ同四十一年北海道M市ニ当時ノ町立病院長トシテ赴任、大正十一年辞シテ同地ニ自ラ病院ヲ経営今日ニ及ビマシタ。

此三十年間終始一貫「医術ノ職人」ヲ以テ自ラ任ジ、年ヲ経テ社会人トシテノ責務ノ自覚ヲ増スニツレ、主義ニ徹スル事ニヨッテ己レノ存在理由ヲ認メ得ルトノ信念ヲ固メタモノノ如ク、折ニ触レ起ツタデアラウ学問的労作ヘノ希求、活動舞台トシテノ中央ヘノ憧憬ヲ斥《シリゾ》ケテ、学位ヲモ求メズ、只管《ヒタスラ》自己ノ所信ニ邁進シテ参リマシタ。日々二百ニ近イ患者ノ診療手術ハ傍目ニモ激務デアルニ、休息ノ夜ト雖《イエド》モ深更ニ及ブマデ書斎ヲ離レズ勉学ヲ続ケ、云ハバ己レノ厳格ナ良心ヲ尺度トシテ寸時ノ懈怠《カイタイ》ヲモ許サザルノ概アリ、家族ノ眼ニハ寧ロ悲愴トサヘモ映リマシタ。

私共遺族ト致シマシテハ、斯ウシタ終生ノ精進努力ガ、故人ノ意図シタ方向ニ沿フテ多少ノ果ヲ結ビ、斯クテ幾分ノ存在意義アル生涯デアッタ事ヲ衷心ヨリ願フモノデアリマス。終生書巻ヲ友トシ、其範囲ハ自然科学、社会科学、文学ニ及ビ、晩年ニ至ルマデ若キ頭脳ト真理探求ノ熱情ヲ失ハナカッタ事ハ身辺ノ者ノミノ知ル半面デアリマシタ。晩年特ニ「電子論」等ニ関スル書籍ノ机上ニ積マレテアル事ノ多カッタノハ無意識裡ニ宗教的解決ヲ茲《コレ》ニ求メタルトモ観ラレ、流石ニ年齢ノ影ヲ見セラルル心地ガ致シマシタ。故人ハ己レヲ語ル事極メテ少ク、而モ不肖ノ学生生活以来父ノ膝下ヲ離レテ居リマシタタメ、故人ノ交友関係ニ就テ殆ド知ル所ナク、私共ノ未知ノ方々ニテ故人ト若キ日ノ生活ヲ共ニシ、離レ去ッタ故人ノ思出ヲ有セラルル方ノ多カル可キヲ思ヒ、敢テカカル形ニヨッテ御通知申上ル次第デアリマス。故人ノ素志ヲ体シ、形式的葬儀ハ之ヲ営ミマセンデシタ。極度ニ遠慮深カッタ故人ハ、告別式ノ御焼香ヨリ、御自宅デ御心ダケノ御回向《エコウ》ヲ遙ニ喜ンデ御受ケ致ス事ト信ジマス。御厚志ニ背キ洵《マコト》ニ失礼トハ存ジマスガ、此意味ニ於テ御供物、御供華ノ儀ハ御辞退申上マス。

「そんな死亡通知を、あなたのお母さま、よくも取って置いて下さったのね」
と圭子がいった。高峰好之の死に当って、その遺族と少数の病院関係者だけでごく内輪に営まれたという葬儀に、蔭の女である伊作の母はむろん出席を許されなかった。子供たちはみんな東京にいた。

「実はね、今だからお話するけど、あなたのお家のこと、亡くなられたお父さまからあたしずいぶんいろいろきかされていたのよ。お父さまは、あなた方のこと、とても愛していらしたわ」

圭子はその〝実例〟を驚くべき記憶力をもって次から次へと話してきかせた。その時々の父の、ちょっとした言葉使い、ちょっとした表情、ちょっとした身振り、そういうものを圭子は巧みに演じてみせた。女の記憶力は、かえってそういうこまかいところに強く働くものらしかった。するとそれまで黙って聴いていた治彦がはじめて重い口をひらいた。（実際、この治彦は寡黙なタイプの男らしく、圭子のお饒舌《しゃべ》りがつづいている間、彼は一語もはさまず、庭の芝生の一点に凝っと眼を当てたまま、身動きもせずにいた）

「ああ、その話、みんなぼくには初耳だな」

「だって、そりゃ、当り前じゃないの。こちらのお家の話、お父さまだって、あたしだって、あなたにできるわけがないじゃないの」

圭子はぴしゃりと夫をきめつけた。治彦は別に表情も変えず、また黙って庭の芝生に顔を向けた。圭子はまた伊作に話しかけた。

「で、こんなことお質ねするのはたいへん失礼かもしれないけど、伊作さんは亡くなられたお父さまのこと、どう思ってて？」

いかにも圭子自身のいう通り、彼女の質問は伊作に対しては〝失礼〟なものだった。しかし伊作は、この気さくで若々しい老女には答えやすかった。彼はその質問には直接答えず、別なことをいった。

「これはぼくらの子供の頃の話です。親父さんが家へやってくる時は、いつも躰じゅうからクレゾールの臭いをぷんぷん発散させているんですね。それをぼくらは〝病院のにおい〟といってましたが……そして親父さんがやってくると、おふくろはそれまで貯めて置いた古新聞を一束抱えて二階へ上って行くんです。そうして二時間くらい経って親父さんが帰って行くと、おふくろはまたその古新聞を抱えて下へおりてくるんですが、その古新聞はみんな親父さんの習字の稽古でまッ黒になっているんですね。それがぼくらにはなんとも不思議な感じでした。親父さんは酒は飲めない男だったし、おふくろはまたむずかしい話の相手ができる女でもないし、せっかく家へやってきても、親父さんにとっては、結局お習字の稽古でもするより仕方がなかったんでしょうな。とにかく、親父さんが帰ったあと、いつもおふくろが、墨でまッ黒になった古新聞を一束抱えて二階からおりてくる、という姿が、親父さんとおふくろとの関係で、ぼくにはいちばん強く記憶に残っています」

「ああ、それはいいお話をうかがいました」

と治彦がふいに思いがけぬことをいった。

「うちの親父にとっては、あなたのお家に行って、あなたのお母さんに墨をすってもらいながら習字の稽古をしている時間が、いちばん安らぎの時だったのでしょう。わたしの母は、親父にそういう安らぎの時間をあたえることのできない女だったんだと思います。息子のわたしから見て、きわめて平凡な性格の女でしたが、やはり平凡な一人の女としてのジェラシーは確かにあったと思います。そしてわたしの方では、わたしが一人っ子でしたから、どうしても母の方につくようになって……」

「それは当然だと思います。げんにぼく自身、ぼくのおふくろの方についているわけですから」

「運命なのよ」

　圭子がふいに大きな声を出した。

「みんな運命なのよ。高峰の家と志村さんのお家と、二つの家がこんなふうになったのは、みんな運命なのよ」

「運命という言葉は、たいへん都合のいい言葉だが……」

　治彦が低い声でいった。

「だって、それを運命だと思えば、なんとなく心が落ち着くでしょ。聖書だって、お経だって、そこに書かれてある言葉はみんな人間の心に安らぎと落ち着きをあたえるための言葉じゃない？」

「運命という言葉は、ぼくもあまり好きじゃないけど、この言葉を使うと、なんとなく落ち着くことは落ち着きますね」と伊作はいった。

「そうよ。あたしたちだって昔はずいぶんいろいろなことがあったけど、このひとと夫婦というものになったのは、これは自分の運命なんだと思ったら、すっかり落ち着いちゃったわ」

落ち着きすぎるほど落ち着いている、と伊作は思った。

「伊作さん、あなた、音楽がお好き？」と圭子はまたふいにいった。

それは伊作がこの応接室へ通された時から気がついていたことだが、天井の高い、そしてかなり広い面積を持ったこの部屋の壁に、三段ほどに吊された木の棚はすべてぎっしりと詰まったレコードの蒐集《しゅうしゅう》だった。それにこの部屋の二つの隅には、風洞のような形をした音響効果のための装置さえできている。

「うちの主人たらね、ほかに道楽はなんにもないけど、ただもう音楽を聴くことだけが愉しみで生きているような人なのよ。そしてこの人が音楽を聴きだしたら、あたしは大急ぎであそこへ逃げちゃうの」

そういって、圭子は庭の一隅を指差してみせた。そこに一竹庵と横額の掛かった小さな茶室ができている。

「主人は音楽、あたしはお茶。いいでしょ？　子供はなくても、さびしくないわ。あなた、お子さんは？」

「ぼくの方にもありません」

「あら、それじゃ、高峰家も志村家も、このお二人の代で終りじゃないの。でも、そんなこと、別にたいしたことじゃないわね」

「どうですか、もし音楽がお好きだったら、いっしょに聴きませんか？」と治彦がいった。

「ええ、ありがたいですけど、もうずいぶんながくお邪魔しましたから、これで失礼させていただきます」

伊作は立ち上った。

治彦と圭子に送られて、玄関に立ったとき、圭子がまたふいに伊作にいった。

「あなた、おしっこは？」

伊作はそれまでにお茶と珈琲とケーキといちごと、それからもう一杯のお茶をご馳走になっていた。

「だいじょうぶのようです」と伊作は答えた。すると、そのあとへ治彦がいった。

「伊作さん」

はじめて治彦は伊作の名を呼んだ。

「お家へお帰りになったら、お母さんにくれぐれもよろしく申し上げて下さい」

伊作はぎくりとした。思いもかけぬ治彦の言葉だった。その治彦の顔に、すこし照れたような微笑が浮かんでいる。

「ありがとう。帰ったら、必らず母に申し伝えます」

伊作は一礼して高峰家を辞した。

静かな屋敷町の坂をゆっくり下ってきたとき、伊作は尿意を感じた。しかしその辺りには適当な場所がない。すると尿意は急に強くなってきた。伊作は小走りに駈け出した。宏壮な邸宅が道の両側にほとんど切れ目なくつづいている。高価そうな犬をつれた夫人たちが、まるで申し合わせたようにあちこちの屋敷から姿をあらわした。躰をひるがえしてその一角を横に突っ切ると、やっと木立ちのある小高い崖の上に出た。伊作は急いで前のボタンをはずした。

水流が勢いよく噴き上った。そのすぐ崖の下を、東横線の電車が緑色の車体をみせて、長い列をつくりながら、ゆっくりと通過して行く。その窓々に人間の顔がぎっしり押し重なっている。

伊作は放尿をやめずにいた。股間の水流はなかなか終らない。

〔1975（昭和50）年「文藝」7月号 初出〕

霧笛

洗面道具や汚れた下着などを小さな風呂敷包みにして、伊作が四週間ぶりで警察署の表玄関へ出てきたとき、そこのコンクリートの土間の一隅に置かれた古ぼけた木造のベンチに、思いがけず父の姿があった。

父は羽織に袴姿というあらたまった格好で、わきに愛用のステッキを置いていた。

伊作は父の前に立った。が、彼の口からは言葉はひとことも出なかった。黙って、小さく頭をひとつ下げただけである。

「む……」

父も唇を固くむすんだまま、鼻先で答えると、ステッキを手にして立ち上った。それから父は、カウンターの向うで思い思いに事務をとっている警官たちの方にむかって、ていねいに一礼すると、先に立って玄関を出た。

いきなり、夕陽がまぶしく伊作の面を打ってきた。彼は思わず顔をしかめた。外光を遮断された留置場で四週間を暮らしてきた彼の網膜は、この剝き出しの裸の光にうまく適応できなかった。光が痛かった。が、その光の痛さが〝自由〟になった彼を確実に保証していた。彼の顔面筋肉がゆるんだ。それは自然に笑いという表情になった。

しかし彼の視線が、何歩か前を歩いて行く父の後姿にぶつかったとき、その笑いの表情はたちまち崩れた。羽織に袴姿という、ものものしくあらたまった固い感じの背中が、伊作の笑いを冷たく拒否していた。

その父の歩いて行く方向は、伊作の家へ行く道すじとはちがっていた。それはこの町の港に沿ってまっすぐに伸びた海岸町といわれる通りだった。船具問屋や漁具問屋や海運関係の店が軒をつらねている。さいわいに、もう日暮れ時で、この問屋街には人影がとぼしかった。それでも通りの向うからやってくる何人かの人間が父の姿に行き当ると、あわてたふうにぺこりと頭をさげ、その横に並んだ伊作に眼をあてると、こんどは「おや?」という表情を露骨にみせながらすれちがって行く。

高峰好之はこの町の〝名士〟の一人である。

明治の末年、東京帝国大学出の若い二十七歳の医学士という肩書きで、この北国の港町の町立病院長として赴任して以来、こんにちまで二十五年間、彼は一貫してこの町のひとびとの躰に聴診器を当てつづけてきた。M町がM区となり、M区がM市となった年、彼は退職して独立の開業医となった。現在、高峰病院はこのM市で最も大きな規模をもつ私立病院として、一日二百人に近い患者を扱っている。

その父と並んで歩きながら、伊作はふいに思い当ることがあった。父が人にむかって自分から先に頭をさげる、という場面を、きょうはじめて見たことを。

いかにも父は、つい先ほど伊作を伴って警察署の玄関を出るとき、カウンターの向うで事務をとっている警官たちの方にむかって、丁重に一礼してみせたのだ。おそらくそれは、父が東京からこの町の町立病院長として迎えられて以来、はじめての経験であったにちがいない。それはこの父にとってゆるし難い〝屈辱〟であったはずである。いや、屈辱といえば、この父は一層陰湿な屈辱に耐えなければならなかったのだ。

父があの警察署の古ぼけたベンチの端に腰をおろして待っているのは、「アカの息子」であった。しかもその「アカの息子」は彼の正妻の子ではなく、蔭の女に産ませた子であった。刺戟のとぼしいこの狭い町のひとびとは、他人のスキャンダルに対してはとくべつ鋭敏な好奇心を持っている。おそらくM署の警官たちも、町の名士の一人である高峰院長と、その蔭の子である「アカの息子」との出会いの場面を、うずうずするような興味をもってひそかに待ちうけていたにちがいない。

だが、彼等にとって残念なことに、この特殊な関係をもった父子の対面には、彼等の期待するような新派悲劇的場面はまったく起らなかった。「アカの息子」はその父の前に立って、小さく頭をひとつ下げただけであり、高峰院長もまたその「蔭の子」に向って、「む」と鼻先で答えたきり、無言で立ち上っただけのことだったからである。

しかし伊作にとって、この父の出迎えは意外な出来事であった。「アカ」という不快で不名誉なレッテルを貼られた「蔭の子」を迎えに、彼がわざわざ警察署へ出頭するということは、町の名士の一人である彼自身にとっては、いわば二重の屈辱のなかに身を曝すことだ。それを承知で彼はやってきたのだ。しかもこの父子が町のひとびとの意味ありげな視線をあびながら、二人並んで町の通りを歩くというのも、これがはじめてのことであった。

ふだんの伊作ならば、たとえ父の命令によっても、その同道を拒否したであろう。が、半地下の留置場生活から四週間ぶりに釈放されて、ようやく明るい外光の世界に出てきた二十歳の彼は、いま、すべての他者に対して、ひどく寛容な気分になっていた。

「その、羽織に袴姿というのを見るのは、ぼくはきょうがはじめてです」と伊作はいった。

「うむ、これは礼儀というものだからな」

父はその礼儀という言葉に一つアクセントをつけて答えた。

父子の会話は、それで切れた。この父に謝罪すべきだろうか。伊作はふと思った。が、謝罪という気分は、彼の躰のどこを押しても出てこなかった。

父の脚は速かった。その脚が大きく踏み出されるたびに、仙台平の袴の地の固く擦れあう音がした。父はそのあらたまった袴姿を〝礼儀〟のためだといった。が、父のいう礼儀とは、いってみれば警察当局に対する謝罪と恭順の意を表するためのものであった。この父は、検事や警察署長や特高課長や特高刑事たちに何遍頭をさげただろうか、と伊作は思った。ふいに同情という気持が彼の心に湧いた。

「どこへ行くんです?」と伊作はいった。

「久しぶりだから、港へ船を見に行こう」と父は答えた。

駅の建物をすこしやりすごした所で、父は踏切りを右手に渡った。港はそこから正面にひらけていた。税関、水上警察署、通船発着所、商船会社、青果市場、海産物市場、倉庫、船渠《ドック》。

それらの建物に一つ一つ眼をあてながら、父は石畳みの岸壁の縁《へり》をゆっくり歩いた。伊作もゆっくりあとに従った。

船渠から先はかなり広い面積をもった木材の集積場になっていた。直径七、八〇糎《センチ》ほどの巨大な丸太材が、適当な距離をおいて、ひと山、ひと山、整然と積み上げられている。一本の丸太が、岸壁のへり近くにごろりと捨てられていた。父はそれに腰をおろした。伊作もその横に並んだ。

その辺りにはもう人影はまったくなかった。彼等の前には、十隻近い船を浮かべた港が美しい夕焼色に染まっていた。

「いい色だ」

父は、港の対岸のM岳の上に大きくひろがった鮮やかな茜色の夕焼け雲に遠く視線をやりながら、嘆息をもらした。それからふいに思い出したように和服の袂《たもと》に片手を差し入れると、そこからたばことマッチの小箱を取り出して「喫むか?」と伊作にいった。

伊作はエアシップを一本抜き取ると火をつけた。四週間ぶりに喫うたばこの味は格別だった。

「喫みますか?」

伊作は別の一本を父の前に差し出した。

「いや、わしはそういう強いのはダメだ」

父はまた袂から敷島の袋を取り出すと、その一本を口にくわえた。伊作はマッチをすって、それに火をつけた。父はぱくぱくと金魚のように口を動かして、忙しくけむりを吐いた。もともとこの父は酒もたばこもふだんはやらない。たばこを口にするのは、宴会かなにかの席でのひまつぶし用にすぎなかった。酒も小さなグラスに注いだウイスキーをほんの申しわけに舐める程度で、すぐ顔に出た。もっともこれは伊作が母からきかされた話で、伊作自身はこの父の酒を飲むところをこれまで一度も眼にしたことはない。

「きょうは、わざわざ……どうもすみませんでした」

たばこを一本喫いおわったところで、伊作はいった。そういう言葉が自然に口から出た。

「む……」

短くうなずいてから、すこし間を置いて
「実はな、わしはお前に詫びをいいたいことがあってな」

と父はいった。父は伊作の顔を見ず、相変らず夕焼けの空に遠く視線を放ったまま、言葉をつづけた。

「お前があの警察署の留置場に入れられたとき、新聞記者が一人わしを訪ねてきてな。お前のことについて、こういったのだ。院長は警察署長とはまんざら知らぬ仲ではないのだから、裏から手をまわせば、お前の釈放はうんと早くなるはずだ、とな。〝裏から手をまわす〟などという言葉が、まずわしには不愉快だった。だからわしは、法は法だからそういうことをする気はない、といって断わったのだ。するとその新聞記者は、もし院長が直接そういうことをするのに気がすすまなければ、代りに自分があいだに立ってあげてもよろしい、という意味のことをいったのだ。その新聞記者の態度や物の言い方から、わしはそれをほんとうの親切から出た言葉とは受け取らなかった。親切どころか、ひとの弱みにつけこんだ、ていのいい強請《ゆすり》ではないかと、直観的にそう思ったのだ。もともとその新聞記者は東京からの流れ者で、あまり評判のよくない男だったのだ。それで、その男のネチネチした話をきいているうちに、わしは突然腹が立ってな、大声をあげて怒鳴りつけたのだ。ひどい言葉でな。それに、あとから考えると、まるで見当ちがいの言葉でな……」

「その時、どういうことを仰有《おつしや》ったか、ぼくは知っていますよ」と伊作はいった。「ぼくはそれを係りの刑事からきかされたんです。その刑事はまたその新聞記者からきかされたんでしょう」

その時、この父の口から出た言葉は、

「ああいう奴は、警察の手で思いきった拷問でもしてもらって、腐った性根を叩き直してもらった方がいい」

というのだった。それが父の口から出た言葉どおりに正確なものであったかどうかは分らない。すくなくとも伊作が担当の特高刑事からきかされた言葉は、これだった。

しかし、いま、伊作はその言葉を父の前で復誦してみせる気はなかった。この父は「詫びる」といっているのだ。

「お前は、わしを憎んだだろうな」

父はしばらく黙ったあとで、ぽつりといった。

「ええ、憎みましたよ」と伊作は答えた。「なにしろぼくは、その言葉を特高刑事からきかされたすぐあとで、その拷問をくらったんですからね。しかもぼくは、そのたった一度の拷問で、簡単に降参した人間ですからね」

伊作はそういってから、無意識に両手の指を組み合わせ、そこに眼を当てた。伊作の受けた拷問は、その片手の指と指とのあいだに太い六角形の鉛筆を直角に挟みこんで、上から二本の手で強烈な握力で締めつけられる、というものだった。指の骨が砕けるかと思われる激痛で、伊作はたちまち悲鳴をあげてのけ反《ぞ》った。

そのたった一度の拷問で、伊作はもろくも腑抜けとなった。彼は知っているかぎりのことを洗いざらいぶちまけたのである。

しかし伊作の陳述はものの半時間とはかからなかった。彼は神田お茶の水のロシア語講習会で知り合った四人の仲間と、ある秘密な地下運動組織の発行する新聞やパンフレット類の配布網の、いわば最末端に属する仕事をしていただけにすぎなかったからである。（満洲事変がはじまっていた。そしてその「無産者新聞」という名前の新聞には、毎号「侵略戦争反対！」「天皇制打倒！」というスローガンが特号大の活字でデカデカと印刷されていた）

「ふン、そんなことなら、お前にいわれなくても、こっちの方でちゃんと調べがついているんだ。先につかまったお前の仲間たちの調書がこっちへ送られてきているんだからな」

胸の筋肉の厚い、平家蟹のような顔をした特高刑事が、せせら笑いながらいった。

「なにしろお前は満洲くんだりまで逃げた男だからな。それにお前はロシア語をやってた男だからな。ハルピン辺りの露助と話をつけて、赤い国へ高飛びしようという計画だったんだろ？ え、そうだろ？ おい……」

伊作はそれには答えなかった。それに答えることは、恥の上に恥を塗りつけることだった。もし伊作の正直な告白をきいたら、この平家蟹は腹をかかえて嗤《わら》い出すだろう。（伊作が満洲へ逃げたのは、赤い国へ高飛びするためではなかった。それは〝恐怖〟のためだった。恐怖以外のなにものでもなかった。しかもその恐怖の果てに、彼はハルピンの場末のうす汚い満人宿の一室で自殺を企てたのだ。そしてその自殺未遂という屈辱的な行為からアシがついて、彼は領事館警察署の警官に逮捕されることになったのである。それは徹頭徹尾〝恥〟であった。恥以外のなにものでもなかった）

「ま、いいさ。結局のところ、お前はあの赤い奴らの国へは逃げられなかったんだからな」

平家蟹はその伊作を慰めるような、へんにやさしい口調でいった。

「わしはな、それをお前にひとこと詫びたいと思って、こんなところへきてもらったのだ」

と父はいった。その父は頭を垂れていた。

「きみは、ここにもう一つ、何かを隠しているように思うが、どうかね？」

検事は伊作の提出した「上申書」にひと通り眼を通したあとで、こういった。まだ三十代のはじめ頃と思われるこの若い検事は、伊作の取調べのために、東京からわざわざ出張してきたのだった。

満洲のハルピンで逮捕された伊作が、手錠つきのまま、朝鮮半島を縦断して東京へ押送されてきたとき、伊作の徴兵検査が三日後に迫っていた。彼は当局の特別のはからいで(それは身元引受人の兄の請願によるものであったが)警視庁の監房に一夜だけ留置された翌日、すぐ本籍地の北海道M市へ送られた。郷里の家に一泊して、翌日徴兵検査をうけ、第一乙種合格を宣告されて自宅への長い坂道を下ってくる途中、彼はM署の特高刑事に検束されて、そのまま留置場にぶちこまれたのである。

伊作はこの秀才顔をした若い検事がはじめから虫が好かなかった。色の白い、顎の先の尖がった、ぬるりとした顔に、細い金ぶち眼鏡をかけ、頭をきれいに撫でつけている。言葉づかいは女性的なほど丁寧だが、しかしその細い金ぶち眼鏡の奥から何かをさぐるように相手を見すえるとき、そのひと皮眼には刺すような冷たさがあった。

伊作がはじめてこの検事の前に引き出されたとき、これは青大将だ、と咄嗟《とつさ》にそう思ったものだ。が、この一匹の青大将は、いま、国家権力の代行者として伊作の前に君臨しているのだった。

「隠しているようなことは何もない、と思います」と伊作は答えた。

「きみが共産主義の思想に接近するようになったのは、きみが北大の学生時代、樺太《カラフト》のある鮭鱒罐詰工場でひと夏アルバイトをした時、その工場へ出稼ぎの雑夫として雇われてきた東北の貧しい農民たちの悲惨な生活を話にきかされたのが最初の動機だと、ここに書かれている。それはたぶん事実だろうとぼくも思う。貧しい人たちのために何かをしようというのは、確かに一つの美徳だからね。その点で、共産主義というのは大義名分が整然とできている。それはぼくも認めるよ。ところで、きみが左翼学生の一人として退学を命ぜられ、上京して実践活動に参加してからのことは、実はぼくにはたいして興味はないんだ。残念ながら、きみはぼくの期待していたような大物ではなかったんだからね。きみも、きみの仲間たちも、いってみればまァ〝雑魚《ざこ》のとと混じり〟というところだったんだからな。あ、これは失礼!」

検事はにやり薄笑いすると、申しわけに頭を一つさげてみせた。

「しかし、きみ、ある一つの思想を単に観念的なイデオロギーとしてではなく、それを現実的な実践的行為にまで突き動かすには、ただ外面的動機だけでは不十分で、もう一つ、内面的動機というべきものが必らずあるはずだ、というのがぼくの持論なんだがね。この上申書には、外面的動機はたしかに書かれている。つまり、東北の貧しい農民たちの悲惨な生活苦への同情、というのがそれだ。しかしそれはあくまで外面的な動機にすぎない。なぜといって、きみ自身は貧しい農民ではないんだからね。したがって、ここには内面的動機が書かれていない。だから、きみの書いたこの上申書には、それが故意にか、それとも偶然にか、ともかく隠されていない、とぼくはいうんですよ」

「あなたのいう〝内面的動機〟とは、具体的にはどういうことです?」と伊作はいった。

「たとえば、ここにきみの戸籍謄本がある」

若い検事は、机の上の書類挾みから一通の書類をひき出した。

「これによると、きみは河田和助・マツの六男として生まれたということになっている。しかし、これは嘘だね?」

「嘘です」と伊作は答えた。

「これはきみばかりではない。きみの兄の亮一も、きみの弟の良三も、それぞれが別な両親の子として生まれ、そして生後何年目かに志村文子と養子縁組・入籍となっている。これも嘘だね?」

「嘘です」と伊作は答えた。

「この戸籍上で、きみたち兄弟の〝養母〟となっている志村文子が、実はきみたちのほんとうの母親、つまり〝実母〟だね?」

「そうです」と伊作は答えた。

「すると、きみたち兄弟のほんとうの父親は誰なんだね」

「高峰好之です」

「現在、このM市で高峰病院の院長をしている高峰好之だね?」

「そうです」と伊作は答えた。

「しかしその高峰好之には正妻・春子と嫡子・治彦というのがいる。だから、正確な事実をいえば、きみたちきょうだいは、志村文子を実母とし、高峰好之によって認知された庶子ということになる。そうだね？」

「そうです」と伊作は答えた。

「すると、もう一度正確な事実をいえば、きみたちの両親、つまり高峰好之と志村文子は、きみたちの出生に関して、戸籍上、嘘偽の届出をしたということになる。そうだね？」

「そうです」と伊作は答えた。

「そのことについて、きみはどう思うかね？」

「何をです？」と伊作はいった。

「きみの両親が、戸籍上、嘘偽の届出をした、ということをだよ」

「それは犯罪ですか？」と伊作はいった。

「ぼくがいまきみに質ねているのは、それが犯罪か犯罪でないかということじゃない。きみの両親が、いや戸籍法では『庶子出生ノ届出ハ父之ヲ為シ』としてあるから、この場合はきみの父親である高峰好之のことだが、その高峰好之がきみたちの出生について嘘偽の届出をした、つまり、戸籍をゴマカシタ、ということを、きみはどう思っているか、それをきみに質ねている」

「それは、たぶん、苦しまぎれにやったのだろう、とぼくは思います」と伊作は答えた。

「苦しまぎれ？　ご名答だね。なるほど、殺人も強盗も窃盗も詐欺も、あらゆる犯罪はたぶん

〝苦しまぎれ〟だろうからな。しかし、その苦しまぎれということで、きみはきみの実の父である高峰好之をゆるしているのかね？」

「ゆるしてはいません」と伊作は答えた。

「ゆるしていない、とすれば、憎んでいる、ということになるわけかね？」

「憎む？」と伊作はいった。

「高峰好之がきみたちの出生について、戸籍上、嘘偽の届出をしたということは、いってみれば、高峰好之の社会的体面の維持のためだね。社会的体面の維持などといえば、きこえはいいが、これは実質上、きわめて狡猾な詐欺行為に等しいものだね。しかも高峰好之とその一家は、この町のエリートとして、いつも陽の当る場所に置かれている。そして一方、きみたち志村一家はいわばその犠牲として、日蔭の場所に置かれている。それがきみたちにとって屈辱、いや苦痛でないはずはない。物質的にはともかく、それが精神的苦痛であることにおいて、一層その苦痛の根は深いものだと思うが……だから、その苦痛をあたえた者に対して当然〝憎悪〟という感情が生まれるはずだ、とぼくは思うが、この点についてはどうかね？」

「あなたのお話をうかがっていると、ぼくは厭でも父を憎まなければならないようですね」と伊作はいった。

「いや、失礼。まァもうすこしぼくの話をきいてくれたまえ。きみは、共産主義という思想の根柢には〝憎悪〟がある、とは思わないかね？」

「憎悪？」と伊作はいった。

「どんな思想でも、思想それ自身が人間を行動に突き動かすという力は持っていない。それにはある種の起爆剤が必要だ、とぼくは思う。共産主義の場合、その思想を行動化する起爆剤となるのは、正義だとか、人道だとか、搾取なき社会だとか、歴史的必然だとか、そんな観念的な美名ではなくて、もっと本源的な〝憎悪〟という感情——情熱といい直してもいいが——その憎悪という情熱ではないのかね？　貧しい者の富める者への憎悪、権力を持たぬ者の権力を持つ者への憎悪、差別される者の差別する者への憎悪、陽の当らぬ者の……」

「わかりました」と伊作はいった。「陽の当らぬ者としてのぼくの、陽の当る者としての高峰好之への憎悪。それがぼくの共産主義という思想に惹かれた〝内面的動機〟である、とあなたは仰有りたいわけですね」

「それが全く無かった、ときみはいえるかね？」

「あなたに提出したその上申書を書き直せ、ということですか？」と伊作はいった。

「書き直せとはいってない。ただぼくは左翼右翼にかかわらず、思想犯もしくは思想容疑者たちに対しては、その外面的動機よりも——外面的動機というのはどれもこれもみな同じようなものだからね——むしろ内面的動機の方に個人的興味があるものだからね」

（お前の〝個人的な興味〟のために、おれは存分に辱《はずか》しめられた）

と伊作は思った。ふいに、いいようのない憎悪が、彼の躰を熱く締めつけてきた。

（お前がもし一匹の青大将なら、おれはそのぬるりとした、冷たい刺すような眼をもった頭を踏ンづけ、鉄の鋲を打った固い靴の底でお前の頭の骨がこなごなに砕けるまで踏みにじってやるだろう）

しかし、その憎悪はたちまち冷えた。伊作の眼の前にいるのは一匹の青大将ではなく、天皇の名による国家権力の代行者だった。しかもこの青白い代行者の口から、たったいま〝憎悪〟についての講義を一席きかされたばかりのところではないか。伊作の唇のへりが曲がった。

「きみは、いま、笑ったね。何がおかしい？　え、何がおかしくて笑ったんだ？」

「いや、ぼくの〝内面的動機〟を、本人のぼく自身ではなく、第三者であるあなたによって見事に摘発された、と思ったからです」と伊作は答えた。

「なるほど、それは皮肉のつもりだね。まァいいさ。きみはまだ若いんだからな。ところで、きみとの対話もこれで終りだ。たぶん、明日か明後日には、きみはここから出られるでしょう」

終りの言葉をバカ丁寧にいって、検事は椅子から立ち上った。彼は部屋の扉のノブに手をかけたところで、ふいにこちらを振り向いた。

「おい、お前は転向を誓ったんだからな。それを忘れるな！」

最後の一言を残して、検事の姿は消えた……。

（この父に対する憎悪が、あの思想を行動化するための〝内面的動機〟だったのだろうか？）

伊作は自分の横でしずかに頭を垂れている父を見ながら思った。あの青大将は、いや、あの色の白い金ぶち眼鏡の若い検事は、明らかにそれが隠された事実であることを、伊作自身の口から語らせるために、あんな厭味な論法を使ったのだ。そして伊作は存分に辱しめられたのだ。

しかし伊作は、すくなくとも意識的にこの父を憎んだという記憶を持たなかった。あの検事がいったように、憎悪もまた情熱の一種だとすれば、伊作にとってこの父の存在は、善悪いずれの意味でも、情熱の対象ではなかった。それはいわば迂遠な存在だった。伊作たち子供の生活圏内には存在しない人間だった。その膝に抱かれてあやされたり、その手に引かれて町を歩いたり、その手から直接に菓子や玩具やみやげなどをあたえられたことのない人間だった。ある日の、ある時間、ふらりと彼等の家にやってきて、ある時間が経てば、またふらりと彼等の家から出て行く人間であった。

このひとは、彼等の家へやってくる時、いつも躰のまわりからクレゾールの匂いを発散させていた。そのクレゾールという言葉を知らぬ子供たちは、それを「病院の匂い」と称《よ》んだ。もし世の子供たちに、それぞれになつかしい「父の匂い」というものがあるとすれば、それは伊作にとってクレゾールの匂いだった。しかし伊作がそれをなつかしい匂いだと思うようになったのは、この父の死後のことである。

伊作は父の方へ顔を向け、はっきりした口調でいった。

「ぼくはもうあなたを憎んではいませんよ」

「む……」

父は顔をあげた。が、言葉らしい言葉は父の口からは出なかった。その表情にもとくべつの変化をみせなかった。伊作も黙った。二人はまた沖の方へ向って遠く眼をあてたまま、しばらく無言でいた。しかしその無言の時間には密度が感じられた。

（こういう時間を、この父といっしょに持つのは、これが生まれてはじめてのことだ）

と伊作は思った。彼はこの感情を何か言葉にして自分の口から出したかった。が、それは言葉という形にはならぬ感情だった。

港を華やかに染めた夕焼けの色がしだいに褪《あ》せ、海面が暗さを増してきた。防波堤の向うに小さく浮かんだ大黒島の燈台に灯がともった。

「帰ろうか」

父は袴の裾をはらって立ち上った。伊作も腰をあげた。二人はその広い材木集積場を斜めに突き切って、もとの海岸通りへ出た。

ある坂道の前まできた時、伊作は脚をとめて、父にいった。

「どうしますか？」

そのかなり急な長い坂を登って、右へ曲った方向に伊作たちの家があり、その坂から四本目の坂を登って左の方へ曲った通りに、父の病院と、それに廊下で接続した父の家があった。伊作はそのどちらの家へ行くかを父に質ねたのだ。

「わしは、これからもう一人挨拶に行かねばならぬところがあるからな」

「それじゃ、ここで……」

「む」

それだけいうと、父は背を向けてすたすたと歩き出した。その父のすこし肩先の怒った羽織袴の後姿をしばらく見送ってから、伊作はわが家への急な坂道をゆっくり登って行った。

○

海霧《ガス》の季節がきた。

北国にみじかい夏の訪れる前の一時期、この港町の外洋には、冷たい親潮と暖かい黒潮の接触によって濃密な海霧が発生し、やがてそれは南東の季節風に乗って、この半島の港町を灰白色の厚い霧の幕のなかに包んでしまうのである。

岬の燈台の霧笛が、日ごとに獣の咆哮のような無気味な唸り声をあげはじめると、町のひとびとは一年じゅうでもっとも憂鬱なガスの季節がやってきたことを、暗い表情とともに知るのだ。それは物の腐る季節であり、そして物にカビの生える季節であった。

伊作の心にもカビが生えていた。

彼が警察から釈放されて、もうひと月近い日が経っていた。彼はこのひと月近い日を、文字通り無為にすごした。することが何もなかった。また、したいと思うことも何もなかった。町へはほとんど出なかった。人間の眼が煩《うる》さかった。彼の行けるところといえば、家の裏手に近い小さな山しかなかった。彼は毎日その裏山へ出かけた。

測量山という妙な名前をもったその二百メートルほどの小高い山の頂上からは、町と港の全景がひと眼に見下ろされた。その背面にはすぐ外洋がひろがっていた。

伊作は山の頂上に腰をおろして、持ってきた文庫本をひらいた。が、それはそこに印刷された小さな活字の列にただ眼をさらすだけのことだった。その一連の活字がどんな意味をもつのか、彼の頭はそれを理解しようとはしなかった。彼はすぐ本を閉じた。そして木立ちの下の青草の上に仰向けになった。そこには高く澄み上った青い空があった。しかしその美しい空の色も、彼の心を愉しませてはくれなかった。

ある鋭い屈辱の感情が、絶えず彼の心を噛んでいた。

「なんだ、おめぇは下っ端の小者だったんじゃねぇか」

あの平家蟹は嘲けるようにいった。

「きみは、いってみればまァ〝雑魚のとと混じり〟だったんだからな」

あの青大将は薄笑いしながらいった。

伊作の無為な時間のなかで、この二つの言葉がなぜか執拗に思い出された。そして思い出すたびに、灼けるような屈辱の感情が彼の血を熱くした。顔が自然に赧くなった。赧くなったことが自分でよく分った。

しかし考えてみれば、彼のこの屈辱感は理窟に合わなかった。実情は、あの平家蟹や青大将のいった通り、彼が「下っ端の小者」であり、「雑魚のとと混じり」であったればこそ、わずかひと月足らずの勾留で釈放されたのではなかったか。小者が小者といわれたことで、なぜそれが屈辱なのか。彼の屈辱は見当ちがいのものだった。ほんとうの屈辱は、彼の心のもっと奥の方に隠されているはずだった。

——伊作は、ふいに一人の朝鮮人の若者の顔を思い出した……。

ハルピン—長春—奉天—安東—新義州—京城と手錠つきで押送されてきた伊作は、護送役の三人目の刑事の交代のために、京城市内のある警察署の留置場で一泊させられることになった。地下室の廊下の片側に幾つか並んだその留置場の一室には、二人の日本人と三人の朝鮮人が入れられていた。

夕方近く、その部屋からまだ二十三、四と思われる、顔色の青白い、ほっそりした躰つきの朝鮮人が呼び出しをうけて出て行った。残った二人の中年の朝鮮人が、彼等の国の言葉でなにやらひそひそと囁き合った。

一時間ほどして、その朝鮮人の若者は日本人の刑事に引っ立てられ、よろけるような脚取りで戻ってきた。留置場の鍵がはずされ、背中をひと突きされた朝鮮人の若者は、そのままどたりと中へ倒れこんだ。彼の顔は半分青黒く腫れ上っていた。二人の朝鮮人が彼を助け起した。上着を取り、紺色のシャツをたくし上げると、背中一面にもむざんな打撲の跡が青痣色にひろがっていた。若者は呻きながら、何かしきりにおなじ母国語をくりかえした。

「こいつは、朝鮮の独立運動をやってる男なんだよ」

派手なチェックの背広を着た四十年配の日本人の男が、伊作の耳もとへ口をよせて、小馬鹿にしたような口調でいった。

「一日か二日置きぐらいに拷問をくらってるんだが、しぶとい奴で、なかなか白状しねぇらしいんだな」

もう一人の年寄りの日本人は、黙って首を横に振ってみせた。

チェックの背広の男の話では、この朝鮮人の若者とおなじように独立運動の容疑で検挙された者が何人か、この留置場の各部屋に一人ずつ隔離されて入れられているが、彼等もまたたびたびの拷問にもかかわらず、いずれも頑強に口を割らずにいるのだという。

「いま朝鮮じゅうの警察や刑務所に入れられている独立運動の奴等は二千や三千ではきかねぇだろうが、もしこいつ等が何万ということになったら、警察も刑務所もみんなパンクしちゃうだろうな」

「そうだ、いまにあんたのいった通りになるさ」

留置場の隅の板壁に半身をもたれて、苦痛に耐えていた朝鮮人の若者が、ふいに顔をあげると、日本語ではっきりいって、不敵なうす笑いを伊作たちに向けてよこした。

（あの若者……）

と伊作は思った。あの朝鮮人の若者やその同志たちがたびたびの峻烈な拷問に耐えることのできたのは、祖国の独立という美しい理想のためだったのだろうか。日本帝国主義の打倒という政治的思想のためだったのだろうか。しかしあの金ぶち眼鏡の青大将の論理を借りれば、それはあくまでも外面的な理由にすぎない。その内面的な理由は——これもあの青大将のいった通り——憎悪なのだ。日本に対する、いや、日本人というものの一人一人に対する生理的・肉体的な憎悪なのだ。しかもその肉体に拷問が加えられればばられるほど、憎悪は憎悪を呼んで逆に鍛えられ、一層強靭なものになって行く。ちょうど鉄が火に灼かれハンマーで打ち叩かれて鋼《はがね》になって行くように。

とすれば、あのレーニンによるロシアの革命も、孫文による中国の革命も——それまでには国家権力の手先によるおびただしい数の虐殺と惨忍な拷問があったはずだが——その真の意味での原動力となったものは、やはり〝憎悪〟なのだろうか。世界を動かすものも、そして人類の歴史をつくるものも、その根源のエネルギーとなるものは、やはり〝憎悪〟なのだろうか。

（逃げるな！）

と伊作は自分にいった。問題はそんな大げさなところにあるのではない。それは実に単純で簡単なことなのだ。

ここに一人、たびたびの拷問にも屈せず、昂然と面をあげて立っている朝鮮人の若者がいる。そしてこちらには、たった一度のしかもきわめて初歩的な拷問にたちまち悲鳴をあげて屈服した、ぶざまな一人の日本人の若者（この自分！）がいる。この二人の若者は、人間として、どこが、どう違うのか？——それが問題なのだ。そういう単純で簡単な問題なのだ。

この二人の若者を人間的に判別するものが、もし〝憎悪〟というものなら、答は容易であった。彼には憎悪があり、こちらにはそれが無かった。すくなくとも、それが稀薄だった。彼は〝敵〟に対する強烈な憎悪のゆえに、たびたびの拷問に耐え、こちらはその稀薄な憎悪のゆえにたちまち屈服した。それは憎悪という肉体的な感情の差にすぎない。つまり、それは〝生理〟の問題なのだ。

だが、それが〝生理〟という名の問題ではなく、もし〝節操〟という名の問題であるとしたら？　あの朝鮮人の若者は、それを死守しようとして耐え、自分はそれを一枚のチリ紙のように捨てたのだ。そして節操を捨てるということが、もし精神の犯罪ならば、自分はまぎれもなく一個の精神的犯罪者なのだ。

しかし、この罪は、誰がどのようにして審《さば》くのか。いや、この罪は、誰がどのようにして赦してくれるのか？

伊作の頭はそれから先へすすむことができなかった。それが行き止まりだった。その伊作の頭のなかへ、時折ふいにあの朝鮮人の若者の顔が浮かんだ。すると、反射的に彼の顔に血がのぼった。それは一種の羞恥に近い感情だった。

伊作はその感情をふり捨てるためにも、裏山へ出かけなければならなかった。町と港と外洋を見下ろすその小さな山の頂上だけが、彼の唯一の安息所だった。彼はそこで『死の家の記録』を読み、『罪と罰』を読み、『白痴』を読んだ。それらはいずれも札幌の学校を追われる前、下宿の一室で一度読んだものばかりであった。が、二度目のドストエフスキーは、前とは比較にならぬほどの深い実在感をもって、彼の乾いた心を水のようにひたしてきた。そして彼がつぎの『悪霊』に取りかかったとき、この山の南背面に垂直に切り立った数十メートルの断崖の向うから、海霧《ガス》が灰白色の無気味なけむりのようにゆっくりと這い上ってきた。翌日も海霧だった。その翌日も海霧だった。

岬の燈台の霧笛が連日うなり声をあげはじめた。海霧の季節がきたのだ。

伊作はもう山にいることはできなくなった。

○

伊作は家では四人の女に囲まれていた。祖母と母と妹と手伝いのお初と。兄と弟は東京の学校にいた。

女ばかりに囲まれて、伊作は息苦しかった。妹の京子だけは時折明るい声をかけてくれたが、女学校一年生のこの妹では話相手にはならなかった。話相手にならぬという意味では、ほかの三人の女も同様だった。士族の出であることを唯一の誇りにしている祖母は「おそろしいアカにかぶれて牢屋に入れられた」孫息子をどうしても赦せないらしく、伊作を見る眼に露骨な嫌悪の色があった。この祖母にとっては、刑務所の監房も警察の留置場もみな「牢屋」で、「アカ」はなにやら無気味で怖ろしいものの代名詞であった。

母はいったん癒りかけた左半身の打身が、海霧の季節に入ってまた痛みがぶりかえしたらしく、一日の大半を寝床の中ですごしていた。その母の枕もとで、手伝いのお初は七輪にかけた土鍋の中で妙なにおいのする漢方薬をコトコトと煮立てていた。母はたいていの病気は漢方薬ですませ、父の病院の薬にはめったに世話にならなかった。

伊作は自分の部屋にとじこもり、食事のとき以外はそこから出なかった。さいわいに本を読む愉しみが彼を孤独から救ってくれた。彼はドストエフスキーと並行して、ショーペンハウエルの『意志と現識としての世界』(姉崎正治訳)をすこしずつ読みすすんでいた。このドイツの厭世哲学者の書物は、難解ながら不思議な慰藉《いしゃ》を彼の心にあたえてくれた。これはいま東京のある私立大学の医学部にいる兄の亮一が家に残して行ったものだった。兄の書棚にはこのショーペンハウエルのほかに、ニーチェの『ツァラツウストラはかく語りき』や、スチルネルの『唯一者とその所有』や、森鷗外や寺田寅彦があった。かと思えば、その横に竹久夢二画集や天文学の本などが並んでいた。この一つ年上の兄も兄らしい悩みを悩んでいる、と伊作は思った。おなじ東京である薬学専門学校に入っている弟の良三は、ラグビー部に入って連日烈しい練習に汗を流しているという。この二つ年下の弟もまた、肉体の苛酷な運動によって何かを忘れようとしていた。そして女学校一年の妹もまた、学校の帰りには琴や生け花やお茶などの忙しい稽古ごとで、何かから逃れようとしているらしい。

(逃げろ、逃げろ!)

と伊作は思った。が、こんどはどこへ逃げればいいのか。逃げる場所はどこにもなかった。

父は、伊作を警察署に迎えにきてくれたあの日以来、たまにしか姿をみせなかった。が、やってきても、伊作の部屋の襖をそっとあけると、そこから首だけ突き出して、机にかじりついている伊作の背中へ「む、む」と例の鼻先で二、三度うなずいてみせてから、黙って二階へ上ってしまう。妹の京子が病人の母に代って、茶道具を父のところへ運んで行く。すぐ下りてきて、こんどは「いやだなァ、いやだなァ」といいながら、英語の教科書とノートをもってまた二階へ上って行く。父にとってこの家は、女学校一年生の小娘に初歩の英語の復習と予習をしてやるだけの場所になりさがってしまったのだ。が、ある日の夕方やってきた父は、痛みのややうすらいだ母を二階に呼び上げると、すこし長い時間をすごして帰った。そのあとで伊作は母の枕もとへ呼ばれた。

「お前のセキのことだけれどもねぇ」と母はいった。「こんどのお前のことで、河田のじじさんのところにだいぶめいわくがかかったらしいから、じじさんのところにあるお前のセキをこっちへ移すようにッて……」

「ああ、セキっていうのは、戸籍のことですね」と伊作はいった。伊作の姓は母の志村ではなく河田であった。三十歳の若い町立病院長高峰好之と、この町随一の料亭「常盤」の抱えである二十一歳の若い芸妓文香とのあいだに二番目の男の子が生まれたとき、常盤の女将のはからいで、その男の子の戸籍上の両親として、おなじ常盤の抱え俥夫であった河田和助夫婦が選ばれ、伊作はその六男として役場に届け出られた。だから伊作は二十歳のこんにちまで河田伊作であった。

「しかし、河田のじじさんのところに迷惑がかかったらしいというけど、どんな迷惑がかかったんです?」と伊作はいった。

「さァ、どんなめいわくがかかったか、くわしいことはお父さんはなにも仰有らなかったけどね。とにかくこんなせまい町のことだから……」

たしかにこの町の名士の一人である父は、「赤い息子」のために、その幾つかの社会的公職のすべてに対して辞表を提出し、謹慎の意を表さねばならなかった。もっともそれらの辞表は、一時預り置くという形式だけに終ってしまったが。

「わかりました」と伊作はいった。「戸籍を移すだけのことなら、そう面倒なことはないと思いますよ。これからすぐじじさんのところへお願いに行ってきます」

「そうしておくれ。こういうことは早いほどいいんだからね。ああ、それから信吾さんのところへ何か果物でも買って行っておくれ。信吾さん、このごろだいぶわるいらしいんだよ」

伊作はすぐ仕度をして家を出た。町は海霧で濡れていた。河田の家はそう遠くはなかった。

伊作たち一家の者から「じじさん」と呼ばれる河田和助は、いまは町の盛り場からちょっとひっこんだところに独立の店をもち、二人の若い俥夫と数台の俥を置いている。祖母の話では、そのほかに何軒かの家作も持っているという。

「やっぱり越後衆と越前衆はちがうもンだな。金はあってもないような顔して、爪に火ともして働らくから、貯まる一方だども、津軽衆はダメだじゃ、金もないくせに、いい物着たがるし、うまいもの食いたがるし……」

そういう祖母は津軽の女だった。いかにも祖母のいう通り、この町の主だった会社の経営者や呉服屋や米屋や酒屋など大店の旦那たちの大部分が、新潟県と富山県出身の人間に占められていた。そして学校の教師や弁護士や役所の上役には仙台衆が多かった。

「仙台衆は頭よくて、それにべんこうまいからな」

というのが、また祖母の口癖だった。祖母のいう〝べんこ〟とは〝弁口〟のことだった。

河田和助は、人力俥を置く土間からあがり框《がまち》の硝子障子をあけてすぐ上った茶の間にいた。紺の袢纏《はんてん》に股引という格好で、いつでも俥をひいて飛び出せる用意をしていた。このゴマ塩頭の小柄なじじさんは、もう六十近いと思われる年配なのに、俥夫という職業をやめようとはしない。東京や神戸や札幌でそれぞれ独立した社会人となっている三人の息子たちから、そんな倅曳きなんぞは早くやめて楽隠居をしたらどうか、とうるさくいってきているらしいが、「なに、わしの脚はまだまだ走れるさ」といって、頑固に紺の股引をぬごうとはせずにいる。

和助のおかみさんは一昨年の冬、胸の病気で亡くなった。和助と二人の若い倅夫の食事や洗濯の世話は通いのばぁやにさせていた。

伊作は和助にちょっと挨拶しただけですぐ二階に上った。そこの裏小路に面したうす暗い六畳間に信吾が臥ていた。亡くなった母親とおなじ肺結核だった。

「ああ、伊作さん、よくきてくれたね」

信吾は頬の肉の削げ落ちた青白い顔にさびしげな微笑をうかべた。

この信吾は、伊作にとって二つ年上の戸籍上の兄に当る。中学時代は柔道部の選手だったが、一方では同好の仲間と同人雑誌などをつくって、そこへ短歌をのせていた。おなじ中学の剣道部の選手で、読むものといえば立川文庫か推理小説ぐらいしか知らない伊作は、柔道をやりながら短歌などという〝軟派くさい〟ものをつくるこの戸籍上の兄を一種奇異な眼でながめてきたものだ。信吾は中学を卒業するとすぐこの港町の海運会社に入ったが、勤めてまもなく血を吐いて倒れ、それから三年このうす暗い六畳間で臥て暮らす躰となったのである。

「おふくろの話では、洞爺湖の近くにとても設備のいい療養所ができたということだけど……」と伊作はいった。

「ああ、それはあんたのお父さんからもきいて、そこへしばらく転地してみたらどうかとすすめられたんだよ。しかし、ぼくは行かないんだ」

「なぜ?」

「おやじにムダ金を使わせるのが可哀そうだからさ」

「ムダ金なんていうことはないよ」

「いや、おやじにとってはムダ金なんだ。あのおやじは、あんたも知ってる通り、ただもう金、金、金であの年まで走りつづけてきた人間だからね。そしていまでも走ることをやめないでいる男なんだからね。だから、あのおやじにとっては、死ぬときまった病人に金を使うのはムダ金なんだ。いや、文字通り〝死に金〟なんだよ」

「それはすこし残酷な言い方だと思うな」

「あんたがそういうのなら、すぐ撤回するよ。しかしね、おやじはぼくが一日も早く死ねばいいと思っていることは事実なんだよ。何よりもぼくの病気のうつるのが一番こわいんだ。おふくろの死んだのも、ぼくの病気がうつったためだとおやじは思いこんでいるんだ。ぼくの方にしてみれば、おふくろの結核体質がぼくに遺伝したんだと思ってるんだからね」

「そんなふうにおしゃべりしていいのかい?」

「せっかくめずらしいお客さんがきてくれたんだ。すこしはものをしゃべらせてくれよ。おやじはネ、おふくろが死んでから一年半、一度だってこの部屋へ入ってきてぼくに言葉らしい言葉をかけてくれたことはないんだ。どうしてもぼくにものをいわなければならない時は、その階段のところまで上ってきてネ、そこから顔だけつン出して、なにかちょこちょこといっては、すぐ下へ逃げて行くんだよ。手伝いのばァさんだってそうさ。食事の膳なんかをこの枕もとに置くなり、ものもいわず逃げて行くんだからね。おまけに白いマスクなんか掛けやがってさ」

「家族のだれかにそういわれているんだろうね」

「まァ、ばァさんは他人だから仕方がないさ。しかし、おやじはどうだい、あれが父親というものなのかい？」

「じじさんは年寄りだから……」

「年寄りなもんか。伊作さん、あんたはまだ知らないだろうけど、うちのおやじさんはネ、ぼくが死んだら、あんたの家にいるお初さんと再婚するつもりでいるんだよ」

「へェ、うちのお初と……」

伊作はすこし驚いた声を出した。お初は祖母の郷里の津軽から四月ほど前にきた女で（そのころ伊作は東京にいた）亭主と二人の子供に死に別れた四十八歳の寡婦だった。大柄な躰つきの、無口な働らき者だが、顔に表情というものをまるでみせないのが、伊作にはすこし気味がわるかった。

「おやじは、まだ女がほしいんだ」

信吾は〝女〟という言葉に強いアクセントをつけていった。それから黙った。伊作も黙った。燈台の霧笛が底重い余韻をもってこの病室へ流れこんできた。信吾は眼をつぶり、眉をしかめながら、その憂鬱な音に耐えていた。肉の落ちこんだ青白い頬が神経質にぴりりと震えた。

「伊作さん」信吾はまた口をひらいた。「こんなことをいうと、あんたには嗤われるかもしれないけど、ぼくはこのごろ死ぬことばかり考えているんだよ。うまいぐあいに自殺してやろうと思ってね。しかし断わっておくけど、ぼくのは厭世自殺なんてものじゃない。おやじへの面当てのつもりなんだ。ぼくはおやじが憎いんだ。徹底的に憎いんだ」

「ああ、それは羨ましいな」と伊作はいった。

「自分の父親を徹底的に憎めるというのは、すばらしいことだと思うよ。つまり、それだけじじさんがあんたの躰の中に深く入ってる、ということだからね」

「バカいっちゃいけない」

「いや、ぼくはそう思っているんだ。何かを徹底的に憎める、というのはすばらしいことなんだよ。憎悪は最高の情熱だからね」

信吾は答えなかった。また眼をつぶった。感情を昂ぶらせたせいか、その顔に疲労が濃くにじみ出ていた。伊作は戸籍の件を手短かに話した。

「すると、あんたはもうぼくの弟ではなくなるというわけだね。すくなくとも戸籍上は……」

「妙な気分だね」

「ああ、妙な気分だ」

信吾ははじめて笑顔をみせた。

和助は茶の間の炉端にあぐらをかいて、豆ぎせるでたばこを喫んでいた。

二階からおりてきた伊作へ、和助はいきなりいった。

「信吾のやつ、わしのことを何かいっていなかったかね?」

別に、と答えて、伊作はその前にすわった。和助は茶を淹れてくれた。

「伊作さん、わしはこのごろ信吾のやつがおっかなくてね」と和助は言葉をつづけた。「なんだかひどく気味のわるい眼をして、わしをにらむんだよ。あの眼でにらまれると、わしはもう……」

「じじさん」と伊作はいった。「信吾さんの病気はとても神経の立つ病気だから、ちょっとしたことでイラ立つんですよ。あまり気にしない方がいいと思うけど」

「通いのばァさんもこのごろでは気味わるがってね。やめさせてくれ、やめさせてくれと毎日のようにうるさくいうし……だからといって、あの病気じゃ、おいそれと代りの来手《きて》もないからね。わしはあのばァさんにぺこぺこ頭をさげて、ご機嫌とりとり来てもらっているんだよ。金のほうも張りこんでね」

和助の口からカネという言葉が出た。伊作は子供のとき祖母からよくきかされた「越後衆」という言葉を思い出した。同国人の津軽衆に対しては手きびしい悪口を放つこの祖母も「越後衆と越前衆なら、証文を取らなくても金は貸してよい」とこの両国出身の人間には無条件の信頼をよせていた。たしかに一介の抱え俥夫から身を起して、営々辛苦の末、独立の店と数軒の家作をもつまでになったこの和助は、祖母の伝にしたがえば、典型的な「越後衆」の一人であった。

和助は、伊作の母が妓籍をひいてからも、よく家にやってきた。和助の格好はいつも紺の袢纏に紺の股引だった。それ以外の服装を伊作は一度も見たことがない。

和助の訪問は家のなかを明るくした。和助は話術の名人だったからである。雪国生まれで色の白い、ゴマ塩頭の小柄な「じじさん」が、自在鉤のかかった広い囲炉裏の前にきちんと股引の膝を折り、祖母や母や伊作たち子供に囲まれながら「さて、まンず……」と切り出すと、子供たちは思わずごくりと唾をのんで和助の顔をみつめる。やがて、おそろしくきまじめな顔をした和助は、その多彩な話題と、軽妙な身ぶりと、独得のユーモラスな語り口によって、一座の者を笑いの渦の中に巻きこんでしまうのだった。

「じじさんはまるで江差《えさし》の繁次郎みたえンたなァ」

祖母は眼に笑い涙をうかべながら、大げさに感心してみせるのだ。祖母の口から出た「江差の繁次郎」というのは、昔の蝦夷《えぞ》地での〝ホラ噺《ばなし》〟の名人として知られた伝説的な人物の名であった。

やがて和助が「ほい、これはすっかり油売ってしまって」と腰をあげかけると、祖母がまたすかさずいう。

「じじさん、このごろ株の方、どうだじゃ?」

「あいさ、このごろはごっぺ返し（失敗）ばかりでね。ばばちゃん」

「またソラ使って。いまに家作がもう一軒ふえるんだべさ」

えへへへ、と和助はくすぐったそうな笑い声を残して帰って行くのだった。

伊作がこの和助を自分の戸籍上の父であることをはっきり知ったのは、彼が小学校の卒業を間近にひかえたころである。中学への入学手続きのために、彼は市役所へ出かけて戸籍謄本を取った。役所の玄関を出たすぐの所で、彼は茶色の封筒に入ったその書類をひき出してひらいてみた。何人かの名前が書き並べられたその一番最後に伊作の名があった。そこで彼は戸主河田和助の六男として記載されていた。とたんに、彼の顔に血が逆流した。

（ウソだ！）

と伊作は思った。彼はすでに父と母との関係を知っていた。が、そのことが彼にとって真の苦痛となるには、彼の年齢はまだすこし幼なすぎた。小学生の伊作にとって不思議なのは、兄と妹が母の姓を名乗り、弟が祖母の姓を名乗っているのに、なぜ自分だけが河田という未知の他人の姓なのか、それが奇異だった。（子供の彼は、その河田という姓を、あの剽軽《ひょうきん》な、話のおもしろい〝じじさん〟と結びつけて考えることはできなかった）

しかし、いまやそれが鮮明となったのだ。役所のくれる戸籍謄本というなにやらいかめしい書類の上で、彼はあの「河田のじじさん」の六男とはっきり書かれていたのである。

（ウソだ！）

と伊作はもう一度、心のなかで叫んだ。顔にまた血が上ってきた。これが伊作にとって、父や母や和助をふくめた世の一切の大人どもに対して、真の怒りを感じた最初の経験であった。彼はまっすぐ家には帰らず、役所の建物の裏からがんけ山（崖山）にのぼった。細い山道でひろった一本の木の枝で、雑草や野の花の頭を手当りしだいに薙《な》ぎ倒しながら、ゆっくり時間をかけて家に帰った。

「伊作ちゃん、どうしたの、こんなにおそく？」

玄関に出迎えた母が咎めるようにいった。

「はい、これ」

伊作は茶色の封筒を母の前に差し出した。

「ごくろうさま」

受け取った母は、それ以上何もいわなかった。伊作も何もいわなかった。

「じじさん」と伊作はいった。「ぼくのこんどのことで、じじさんにはずいぶん迷惑をかけたようだけど……」

「へぇ、へぇ」と和助はいった。

「それで、じじさんのところに入っているぼくの戸籍を志村の方に移したいと思って、お詫びとお願いに上ったんだけど……」

「へぇ、へぇ」

と和助はいった。ほかのことに気を取られて、和助は伊作の言葉をよく聴いていないようだった。炉端にちょこんとあぐらをかいて、赤い火の色を何か放心したようにみつめているこの小さな老人は、かつて伊作たち一家の者を腹をかかえて笑わせたあの剽軽な「江差の繁次郎」ではもうなかった。

伊作の眼の前で、和助爺さんは侏儒《こびと》のようにだんだん小さく縮まって行った。

○

霧笛が日ごとに繁くなってきた。

夜、蒲団のなかで、地の底にめいりこむようなその憂鬱な音にじっと耳を澄ませていると、伊作の二十歳の肉体にある悩ましい欲望がむくむくと頭をもたげてきた。それは抑制の不可能な欲望だった。抑制しようとすればするほど、かえって赤い炎をあげて燃えさかってくる動物的な欲望だった。妄想が彼を苦しめた。

伊作の瞼の裏に、いつも一人の女の顔が浮かんだ。彼が満洲へ逃亡する前夜、江東の魔窟で買った若い娼婦の顔だった。しかし彼は性的欲望からその娼婦を買ったのではなかった。

彼が四人の仲間といっしょに通っていた神田お茶の水のロシア語講習会の教室へ、ある夜突然踏みこんできた二名の特高刑事のために、仲間の一人が逮捕された。(伊作たちがその配布組織の末端に属する秘密出版物は、すべてその色の白い華奢な躰つきの東大生の手から渡され、それを秘密に手交すべき相手もいちいちその東大生の指示に従って行なうのだ。いわば彼は伊作たち仲間のキャップの役を受け持っている男だった）烈しい格闘の末、顔じゅうを血だらけにしてその東大生が引っ立てられて行ったあとで——その夜の授業はすぐ中止ということになった——仲間の女子大生が「あのひとはすぐ落ちる（自白する）わ。だからあなたも危いものは一切始末して、できるだけ遠い所へ逃げるのよ。あたしもすぐもぐる」と伊作にいった。このお河童頭に赤いロイドぶちの眼鏡をかけた女子大生は、田舎者の伊作に対してはいつも姉さまぶった口をきく女だった。

伊作はすぐ高円寺の下宿へとってかえし、女子大生にいわれた通り、危険と思われる印刷物は一切裏庭で焼き捨て、思想関係の本もすべて近くの古本屋に売り払ってから、下宿のおかみには「二、三日旅行してくる」といい残してそこを飛び出した。

女子大生は「できるだけ遠い所へ逃げろ」といった。が、伊作にはその「できるだけ遠い所」というのが曖昧だった。曖昧というより、咄嗟に判断がつかなかった。仕方なく彼は浅草へ出た。六区のひょうたん池のまわりにずらりと並んだ屋台店の一つで飲めない酒をむりやり飲んだ。酔ってふらふらと表の電車通りへ出てきたところで、彼の鼻先にいきなり「玉の井行」という黄色いバスが停まった。その「玉の井」という名は、伊作の仲間の一人で〝詩人〟と自称する長髪のルバシュカ男が「日本一の極楽境だ」といつも大げさな身ぶりで賞め讃える地名だった。伊作は反射的にそのバスに飛び乗った。

女の躰の上で、伊作はぎこちない動作をくりかえし、短い時間ののちに終った。すると女は彼の躰の下から「あんた、はじめてだったのねぇ」とへんにやさしい声でいうなり、彼の首玉を両手でひきよせて、いきなり唇を押しつけてきた。女の唇はなにか生臭いにおいがした。

若い肉体の体温で熱く蒸された蒲団のなかで、伊作は女の唇のにおいを思い出した。が、肝腎の女の顔はのっぺらぼうだった。眉毛も眼も鼻もなかった。ただ毒々しい色に染められた女の唇だけが、彼の妄想のなかで二匹の赤い蛭《ひる》のようにぬめぬめと蠕動《ぜんどう》していた。彼は烈しく自分を瀆《けが》した。それは一度ではすまなかった。彼は二度、三度とくりかえし、深い疲労のなかでようやく眠りに陥ちて行くのだった。

朝の目覚めはいいようもなく不快だった。伊作はわれとわが手で瀆した自分に烈しい嫌悪を感じた。それは嫌悪というより、むしろ侮蔑だった。勉強しなければ、と彼は思った。そして彼は朝から机に齧じりついた。が、ドストエフスキーもショーペンハウエルも長たらしい活字の羅列にすぎなかった。頭蓋骨の裏に糊のような薄い膜の貼りついた彼の頭は、その一連の活字から意味らしい意味を汲み上げることができなかった。しかし彼は意地のようにその活字の羅列から眼を離さなかった。

「そんなに本ばかり読んでいて、躰に毒だよ。どこかへあそびに行ってくればいいのに」

ある日の夕方、伊作の部屋に入ってきた母がいった。いつもなら一言か二言みじかい声をかけてすぐ出て行く母が、めずらしく伊作の前に膝を折った。母の左半身の打身はまだ回復していなかった。

「お父さんが心配していらしたよ。伊作はこれからどうするつもりだろうって……」

伊作は答えなかった。

「お前、このままじゃすまないだろう？」

「ええ、このままじゃすみません」と伊作は答えた。

「それなら、どうするつもりなの？」

「まだ分りません」

「東京の亮一に手紙でも出してみたら？」

「兄さんには相談すべきことではない、と思っています」

「だって……」

「これはぼく自身のことだから、なんとか自分で考えてみます」

「できるだけ早くね。お前がうちでごろごろしてると、わたし、お父さんに申しわけなくて」

「もうすこしこのままにして置いて下さい。なんとかするつもりですから」

「頼んだよ」

母は左脚をすこし曳きずるようにして部屋を出て行った。

伊作はレーンコートを着て、家を飛び出した。海霧はすこし晴れていた。しかし大通りの商店街はどこも気早く電燈をつけていた。伊作の脚は自然に港の方へ向った。

伊作は急な長い坂をゆっくり下り、踏切りを渡って、材木置場へ出た。岸壁の近くに、一本の太い丸太がごろりと捨て置かれていた。それは伊作がこの町の警察署から四週間ぶりに出された日、思いがけず彼を迎えにきてくれた父といっしょに小半刻をすごしたあの丸太だった。伊作はそこへ腰をおろした。

港はうすい灰色にけむっていた。伊作はズボンのポケットからたばこを取り出し、火をつけた。バットのけむりを深く吸いこみながら、彼はあの日父のくれたたばこがエアシップで、父自身の喫んだたばこが敷島であったことを思い出した。

しかし、いま、彼の考えるべきことはたばこのことではなく、彼自身のことだった。

(おれはどうしたらいいんだろう?)

伊作は小さく声に出して言ってみた。どこからも応答はなかった。彼はもう一度おなじ言葉をくりかえした。港は沈黙していた。

彼は二本目のたばこに火をつけた。すると、ふいにある一つの言葉が彼の頭に甦った。

「稚態を脱せよ、友よ、醒めよ!」

それはいま彼が読んでいる『意志と現識としての世界』の巻頭に副題として置かれたジャン・ジャック・ルソーの言葉だった。

〝稚態〟という言葉が強く彼を打った。そうだ。おれは幼稚な子供だ、と彼は思った。彼のこれまでやってきたことはすべて〝稚態〟以上の何物でもなかった。それは思想でも信念でも信仰でもなかった。それはいわば、幼ない子供たちの罹る百日咳のようなものだった。するとおれはただ熱に浮かされてあんなことをやってきただけなのか。おれは、そういう人間なのか。彼の眼の前に、あの顔面を青黒く腫れ上らせた朝鮮人の若者の顔が浮かんだ。それから、あの平家蟹と青大将の嘲けるような薄笑いの顔が浮かんだ。

「糞！」

伊作は声に出して吐き捨てた。彼は丸太から腰をあげると、岸壁に沿ってのろのろと歩き出した。四百メートルほどの岸壁が終ると、彼は左側へまわって、木造の浮桟橋の突端に立った。港にはまた海霧が濃く湧きはじめていた。チキュウ岬燈台の霧笛が底重く唸りだした。

伊作が四本目のたばこに火をつけたとき、横手の岸壁の上から「よぅ、そこにいるの、伊作ちゃんじゃねぇか？」と太い塩辛声がかかった。

「ああ、西小路のおとッつぁん」

それは伊作が数え年三歳まで乳飲み児として預けられた乳母の亭主の早見辰造だった。辰造はこの港の沖仲仕の小頭をしていた。

「なんだ、こったらどこにぼんやり突っ立ってて……」

雨合羽に身を固めた辰造が岸壁をまわってきて、伊作にいった。

「船を見にきたんだよ」と伊作は答えた。

「船なんか見てどこが面白いんだべ。さ、久しぶりだ。これからわしといっしょに家さ行かねぇか」

「おとッつぁんは、もう仕事は終ったの？」

「きょうは夜業のはずだったども、また海霧が湧いてきたから、仕事は打ち切りにしたんだよ」

「それじゃお邪魔しようかな」

「お邪魔もくそもあるもんか。伊作ちゃんの顔見たら、嬶《かか》ァも光男もきっと大よろこびだべ」

二人は浮桟橋からひき返し、いっしょに並んで岸壁を歩き出した。すこし行ったところで、辰造はふいに足をとめて、大きな声を出した。

「あ、そうだ。伊作ちゃんは昔から船が好きだったんだな。休みの日なんか、朝っぱらからわしの蒲団に馬乗りになって、フネ、フネって、港さ行くことをうるさくせがんだもンだっけ」

「ぼくもよく覚えているよ。おとッつぁんの背中におぶさって、あの浮桟橋の突端に立つと、おとッつぁんは『おーい、三国丸ーゥ』と大きな声で呼ぶんだ。すると、港のずうっと沖の方に碇泊している三国丸から『おーい』という声が返ってくるんだ。あれはしかし、ぼくが四つか五つになったころかな」

伊作が生れて間もなく、母の乳の出が止まった。祖母が産婆に相談した。㊆《マルシチ》というこの町で一番大きな海運会社に勤める沖仲仕の小頭のおかみさんで、つい先頃赤ン坊を病気で亡くしたが、乳があり余るほど出て困っている女がひとりいるという。その赤ン坊の亡くなったのは、伊作の父が院長をしている町立病院だった。父もこの早見夫婦の顔を記憶していた。すぐ話がまとまって、伊作はこの実直な沖仲仕の夫婦のもとへ乳飲み児として預けられた。三歳のとき母の家に引き取られたが、それからでもよく伊作はこの乳母夫婦の家にあそびに出かけた。しかしそれも小学校を卒業するまでのことだった。中学へ入り、そこを終えて札幌の大学の専門部へ入り、そこを追われて東京へ出たこの十年近くの間、伊作は一度も乳母の家を訪ねなかった。

「おとッつぁんの家は相変らず西小路にあるんだね?」と伊作はいった。

「いや、とっくの昔に移ったよ。いまは港町だ。前の家よりはすこしは見ばえがよくなったさ」

辰造は無精鬚の生えた固そうな顎を大きな手でごしごし撫でながら答えた。

伊作たちがその家の玄関先に立ったとき、乳母のツネが頓狂な声をあげた。

「あれぇ、伊作ちゃんじゃないの」

「水上警察署のそばの浮桟橋のところで、思いがけなくおとッつぁんに声をかけられて」

茶の間に上った伊作は、畳に手をついて「どうも、しばらくでした」とあらたまった挨拶をした。

「まァ、まァ、まァ、まァ……」

乳母はそれだけ繰りかえしながら、早くも前掛けを顔に当てた。昔から涙もろい女だった。

乳母の頭にはもう白いものが目立っていた。しかし鼻の頭の赤いのだけは昔のままだった。

「にいさん」

隣りの部屋から声がかかった。襖をあけると、そこに長男の光男が頭に大きく繃帯《ほうたい》をして臥ていた。光男は伊作より二つ年下で、いま港の近くのある鉄工所に職工として勤めていることを、この家へくる途中辰造からきかされてきた。子供のときの光男は意地っ張りの負けずぎらいで、乳兄弟の伊作と喧嘩になると、顔でも手でも脚でも、ところきらわず猛犬のように嚙みついてきた。そしてそのつど、ツネから容赦なくひっぱたかれるのだった。喧嘩の原因がたとえ伊作の方のいたずらにあっても、この乳母は一度として伊作を叱ったことはなかった。すくなくとも、叱られたという記憶を伊作はまったく持たなかった。

「どうした？　光男」

伊作は枕もとにすわりながら言った。

「鉄工所で、頭の上からクレーンの鎖《チエン》が落ちてきたんだ。あんたの父さんに十針ほど縫ってもらったんだよ」

「忠男や行男は？」

光男たち兄弟は一つちがいの年子だった。

「忠男は岩見沢の車輛工場、行男は苫小牧の製紙工場、二人とも寮の住み込みだよ」

「おっかさん、さびしいだろうな」

「さびしいことなんか、ないべさ。二人とも近いから、ときどき家に帰ってくるからね」

「伊作ちゃん、こっちへきて、一杯やるベシ」

茶の間から辰造の声がかかった。

「あンた、伊作ちゃんに酒飲ませる気だか？」

「黙ってろ。伊作ちゃんはもう兵隊検査すんだんだべ？」

「ああ、すんだよ。第一乙種だったよ」

「ンだら、もう酒もたばこも女もよかべさ」

「また、そったらごと言って」

伊作は茶の間へ戻った。どてら姿に着換えた辰造が炉端にどっかりとあぐらをかいていた。坊主頭で、顔の造作の大きい、がっしりした躰つきは、昔のままの「西小路のおとッつぁん」だった。

「せっかく伊作ちゃんがきてくれたのに、なんにもご馳走なくてね」

ツネがそんな言いわけをしながら、古ぼけたちゃぶ台の上に、さばと、じゃがいもの煮付けと、裂きするめと、赤かぶと、だいこんと、菜っぱの漬けものを並べた。

「まンず一杯……」

辰造が燗のついた徳利をもちあげて、伊作の盃に酌をしてくれてから「わしはこっちの方で」といって、ガラスのコップに酒をなみなみと満たした。二人は乾杯した。

「へーぇ、あの伊作ちゃんが、うちのおとッつぁんと、こうしていっしょにお酒を飲むようになったんだねぇ」

囲炉裏の向うから、ツネがやさしい笑顔をみせながらいった。この乳母は牛のように巨きな乳房をもった女だった。伊作と光男と忠男と三人の男の子が、競争で腹のくちくなるまで飲んでも、乳母の胸にふくらんだ二つのやわらかな暖かい袋は涸《か》れるということを知らなかった。

「おッかさんのお乳、どんな味がしたっけなァ、ぼくはすっかり忘れてしまったけど」と伊作はいった。

「あら、いやだこと、お乳の味だなんて」

ツネは赧い顔になった。

「光男はおぼえているかい、おッかさんの乳の味?」

伊作は隣りの部屋へ声をかけた。

「そんなもの、おぼえていないよ」

光男のあっさりした答が返ってきた。

「母親の乳の味なんて、子供はちょっと大きくなればみんな忘れてしまうのさ。その乳のおかげで大きくなったのも知らねぇで……」

辰造がすこししんみりとした声でいった。それから辰造とツネとのあいだで、幼い日の伊作の思い出話がつぎからつぎへと出た。その話のどれ一つにも伊作は記憶がなかった。ただこの乳母夫婦には無条件に愛された、というなつかしい記憶だけがあった。

酒にあまり強くない伊作はすぐに酔った。しかし彼は辰造のしてくれる酌を拒まなかった。ツネもすこし飲んだ。そしてふだんでも赤い鼻の頭が一層赤くなった。辰造の顔はてらてらに光ってきた。

「伊作ちゃん、あんたのこんどのことで、病院のお父さん、ずいぶん心配しなすったべな」

昔話が一段落してから、辰造は一つ声を落していった。伊作は答えなかった。つづけてツネが癇高い声を出した。

「それよりもお母さんの方だよ。あんなおとなしいひと、どんなに頭痛《いた》めたべかと思ってネ」

「ああ」と伊作はいった。「ぼくは徴兵検査の帰り、あの仏《ほとけ》坂の途中で、あとをつけてきた特高刑事につかまって、そのまま警察署のブタ箱に入れられたんだけど、そのことを別な刑事がぼくの家へ行って、おふくろに知らせたんだよ。そしたら、おふくろ脳貧血を起して、玄関先の土間へいきなりころげ落ちてね。頭と肩を強く打ったもんだから、左半身が利かなくなってね」

「ま、なんてこッたべ」

「かなりながいこと臥て、だいぶよくなったんだけど、この海霧《ガス》でまたすこし痛みがぶり返したらしいんだ」

「かわいそうに……ンだども、伊作ちゃん、どうしてあんたアカだなんて、そんなおッかないごとを」

「おッ母ァ、それ、ちがうド」隣りの部屋から光男の声が飛んできた。「にいさんのやったこと、おれたちみたいな貧乏な労働者のためなんだ」

「黙ってろ、お前みたいな若造が生意気な口をきくんじゃねぇ」

辰造がひと息に怒鳴りつけた。光男は黙った。ツネも黙った。一座に気まずい沈黙が落ちた。伊作の心にまたあの鋭い屈辱が湧いてきた。

「にいさんのやったこと、おれたちみたいな貧乏な労働者のためなんだ」

たったいま、光男はそういってくれた。が、果してこの光男のいう通りだったろうか。

（ちがう！）

と伊作は思った。彼は労働者というものを一人も知らなかった。いや、たった一人いた。それはあの神田お茶の水のロシア語講習会で知りあった四人の仲間の一人で、村井と名乗った（むろんそれは偽名だったが）二十五、六の若い労働者だった。しかし伊作は、この村井がどこのどういう工場でどんな仕事をし、どれほどの賃銀を取り、またどんな地方の、どんな家庭の出身であるか、そういうことを一切たずねてみたことはなかった。それが仲間に対する礼儀だと思っていた。村井と話すことはゴーゴリやチェホフやゴーリキーやショーロホフなど、もっぱらロシアの小説の話に限られていた。それ以外の話題を交わしたことは一度もなかった。そして彼のもう一つの仕事といえば、キャップの東大生の指示する日と時間に、指示された名前を名乗って彼の下宿を訪ねてくる男たちに、指示された印刷物を黙って手渡すだけのことだった。また時によっては、その男たちに一夜の宿を貸したり、なにほどかの金を差し出す、というだけのことであった。これでどうして〝労働者〟を知っていたということになるのか。彼はいわば実体のない架空の世界に生きてきただけのことではないのか。

「伊作ちゃんも、こんどのことでいいかげん親不孝したんだから、これからはすこしはいい子になってくれないべかねぇ」

ツネがいやにしんみりした口調でいった。この乳母は二十歳の伊作をまるで三つか四つの童児《わらし》あつかいにしていた。伊作には、その巨きな乳房にすがりついて、白くてなまあたたかい、いのちの泉を吸った女には、返す言葉がなかった。

辰造夫婦にひきとめられるまま、伊作は夕飯までごちそうになって、ようやく乳母の家を出た。海霧は一層濃くなっていた。街の通りは厚く垂れた灰白色の幕の底に沈んで、視界はほとんど閉ざされていた。霧の中からふいに人影があらわれ、すれちがいざま、またふいに霧の中へ消えて行く……。

伊作の頭が冷たく濡れてきた。しかしその冷たさは酔った彼にはかえって気持がよかった。彼は港町から坂を下って海岸町へ出、ひっそりと戸を閉じたひとけのない問屋街をよろけながら歩いた。

やがて彼の眼に赤や青や黄のネオンが霧の中でおぼろににじんだ通りが映《うつ》ってきた。彼の脚は自然にその方へ曲って行った。それは映画館やカフェーや飲み屋などの軒を並べたこの町の歓楽街だった。さすがにこの浜町にはまだ人影がかなりあった。酔った男たちが深い霧の底をふらふらと影絵のように動いていた。と、向うから肩を組んで何か大声で放歌しながらやってきた若い三人づれの酔漢が彼の眼の前で脚をとめると、まん中の一人がいきなりかがみこんで、げぇげぇやりはじめた。そこに吐き出された汚物の塊りを見たとたん、伊作は急激な吐き気におそわれた。彼は口をおさえたまま表通りを横手に曲って、うす暗い裏小路に走りこんだ。眼についたゴミ箱の横にしゃがんで、彼もげぇげぇやりはじめた。

「いやだねぇ、そんなところで汚ないものを吐いて」

女の声が彼の横に立った。安香水のにおいがつよく彼の鼻を打ってきた。吐気がまたこみ上げた。

「ま、仕方ないさ。吐くだけ吐きなさいよ。いま、水もってきてやるから」

やっと吐き終った伊作は、女のさし出したコップの水で何度もうがいをした。

「どうもありがとう」

「ねぇ、おにいさん、ちょっと上って行かない？　お酒なんか飲まなくたっていいからさ。おぶでもサイダーでもいいじゃないの。あたし、今夜はまだ一人も客がついてないんだよ」

いや、といって帰ろうとする伊作のレーンコートの袖が、女の片手でしっかりと摑まれていた。細長い顔に、ひと皮目の吊り上った狐のような感じの女だった。

小さなちゃぶ台が一つ置かれただけの、ひどく殺風景な四畳半で、伊作は熱い一杯のお茶と冷たい一本のサイダーを飲んだ。ここは町のひとたちから「三等小路」と奇妙な名前でよばれる私娼窟だった。そして女たちは白首《ごけ》とよばれていた。

「いくら?」

伊作はズボンのポケットから財布をひき出しながら、いった。

「あら、まだいいじゃない。ね、あたしにもお酒一本飲ましてよ。縁起だからさ。あんたはビールかなんか」

「ビールも飲めないよ」

「それじゃ、サイダーもう一本持ってくるわね」

女は伊作の返事もきかず、どたどたと階下へおりて行った。

伊作は二本目のサイダーをゆっくり飲んだ。

「おにいさん。あんた、はじめてだね?」と女はいった。首に桃色のうすい紗の布れを巻いた三十近くの女だった。

「わかるか?」と伊作はいった。

「そんなこと、ひと眼みればわかるよ」

女の手がふいにのび、伊作の股間をつかんだ。逃げるひまはなかった。女の手がやわらかくそれを揉みはじめた。ズボンの下で、摑まれたものがしだいにしるしを見せてきた。

女は伊作の尻の下から色柄の褪せた座布団を引きぬくと、それを二つに折り、そこへ頭をのせて仰向けになった。女は黙って着物の裾をひらいた。赤い毛糸の股引きがあらわれた。

「海霧《ガス》の日は腰が冷えてね」

女はいいながら、赤い毛糸の股引きをくるくると器用な手つきで巻き下げた。裸になった二本の脚を女は大きくひらいてみせた。浅黒い、皮膚のたるんだ女の腿には、もうぷつぷつと鳥肌が立っていた。女の腿はひどく瘠せていた。しかしその剝き出しになった下腹は、臍下から股間へかけて、くろぐろとした茂みが驚くほど大きな三角形を描いていた。しかもその黒い茂みは逆まき縮れ上って、猛々しい表情をみせていた。伊作のしるしは急速に萎えて行った。

「帰るよ」

伊作はいったん脱ぎかけたズボンを引き上げ、ベルトを締めると、ちゃぶ台の上にあり金を残らずさらけ出した。が、そこには一円紙幣が二枚と、あと幾つかの小銭がバラまかれただけだった。

「この意気地なし！」

女は嘲けるようにいって起き上ると、脱ぎ捨てた赤い毛糸の股引きをまた手早く穿いた。

階下へおりて、その玄関の戸をひきあけた時、一陣の風に乗った海霧が白煙のかたまりとなって濛々《もうもう》と家のなかに吹きこんできた。

「うぶないさん、気が向いたらまた来な」

背中をどんとひと突きされて、伊作は海霧の中へよろけ出た。と、彼の頭や首すじに何かがぱらぱらと当った。

伊作は頭に手をやって、それを指先でなすり取った。霧に溶けたひとつまみの塩が白く生臭い精液のようにどろりと垂れ落ちた。

〔1976（昭和51）年「文藝」2月号 初出〕

津軽の雪

1

私の母はことしの三月で満八十六歳になる。身長は五尺にみたず、体重もこれまで十貫を越えたことがない。しかし体質そのものは至って強健である。さすがに白髪の頭だけはうすくなったが、老眼鏡などかけずに新聞のこまかな活字を平気で読む。縫針のメドに簡単に糸を通す。歯はわずかに三本が欠けただけで、あとは全部自前である。りんごなど丸ごと齧じろうと思えばかじれるし、するめでも炒り豆でも別に苦労なくポリポリと嚙みくだいてしまう。ただ血圧がすこし高く、寒い日がつづくと、めまいがするといって、何日間か横になる。薬だけは用心のためのんでいるが、医者に診せるほどのことはなく、陽が射してあたたかくなると、すぐに起き上って、茶の間へ出てくる。

この母がいちばん熱心に、そして欠かさずみるテレビの番組は、NHKの天気予報である。あすもくもりとか、雨とかいう予報が出ると、「ああ、またかい、厭だねぇ」と母は露骨に顔をしかめながら嘆声を発する。この母にとっては、天候の明暗と冷暖が母自身の健康度を測定する何より確かなバロメーターになっているらしい。

私どもの住むこの多摩南郊の団地は西北に丹沢の山塊をひかえているため、冬の寒さはきつい。それでここ数年前から、冬の季節のあいだだけ、横須賀の海に近い大津に住む妹夫婦の家ですごしてもらうことにしている。妹の夫は医者だが、ながい病院づとめを定年で終えると、若いときからの夢であった船医となり、一年の半分以上はタンカーや貨物船に乗って外国の港々をまわっている。

妹夫婦には二人の息子と一人の娘があるが、三人ともすでに独立して家庭をもち、長男と次男にはそれぞれ二人ずつ子供ができ、末の娘にも近く子供が生れようとしている。私の母にとっては三人の孫と四人の曾孫がいるというわけだが、母は気が向けば、妹の家を根城として、横浜、茅ヶ崎、横須賀と三人の孫どもの家を歴訪し、小さな曾孫たちのあそびのお相手を何日かしては、また妹の家にもどってくるというのが、現在の母にとって何よりの愉しみであるらしい。いや、それは愉しみというよりは、むしろ生き甲斐というべきものであるらしい。

八十六歳という年齢にしてはめずらしく強健な躰をもち、しかも無条件に愛し愛される小さな者たちを手近にもつことのできるこの母の晩年は〝幸福〟といっていいのではないか。

しかし、母とその五人の子供たちという関係においては、この母は必ずしも幸福な女性ではなかった。五人の子供たちはみなそれぞれのやり方で彼女に叛《そむ》いたからである。

いちばん末の男の子は、数え年三つのとき、彼女自身の意志に反して、他家の養子にうばわれた。この四男は中学一年のとき、腹膜炎で病死した。三男は東京のある薬学専門学校に在学中、ラグビーの練習試合で胸を蹴られ、やがて膿胸を誘発して死んだ。私立大学の医学部を出、ある大企業の経営する附属病院の医師となった長男は、三十九歳のとき、工業用の青酸カリを嚥《の》んで自殺した。原因は厭世であった。

つまり母は、これら三人の子供たちのそれぞれの〝死〟によって叛かれたわけである。そうして次男である私は、学生時代、左翼運動に走り、逃亡先の満洲で逮捕されて、故郷の町の警察署に押送されたことから、母は驚愕のあまり玄関先の土間へ転げ落ち、ひと月ほど半身不随の躰となった。しかもこの時四十三歳の母の頭髪は、わずか一週間ほどのあいだに、正確に右半分だけ見事な白髪と化したのである。

しかしこの母とたった一人の娘（私にとっては妹）とのあいだには、表面なにごとも起らなかった。妹は一見従順な娘として育った。が、この母と娘は二人並んで町を歩くということはついぞなかった。娘がそれを拒否したからである。

私たちの母は、かつてはこの北国の港町の芸妓であり、いまはこの町の町立病院長を旦那とする〝日蔭の女〟であった。子供たちは、とくにたった一人の娘である妹は、思春期にある女性特有の性に対する潔癖感から、この父と母との存在を容易にゆるすことができなかったらしい。しかもこの場合、妹の嫌悪感は異性である父よりも、むしろおなじ性を持つ母にむかってより深く内攻したであろう。この妹がほんとうに母をゆるすまでには、妹自身が人の子の母となるまでの長い時間が必要であった。

後年、この妹は私にいったことがある。

「おばぁちゃん（いつのまにか私たちは母をこう呼ぶようになった）は、わたしたち子供のためにただ我慢をして生きてきたのね」

「なるほど、我慢というのはいい言葉だね。おばぁちゃんは我慢の天才だったかもしれない。父のために我慢をし、子供たちのために我慢をし、世間のために我慢をし……もしきみが子供を産んでくれなければ、おふくろさんはほんとうの意味で生きるよろこびといったものを、生涯ついに一度ももつことができなかったかもしれない」

「あたしも子供を持ってはじめて、おばぁちゃんの哀しみといったものが、やっとわかったような気がするの」

「哀しみ？」

「子供の寝顔をだまってじいっと眺めていると、理由もないのに涙が自然に出てくるときがあるのよ」

「ああ、それは男には分らない涙かもしれない」

「おばぁちゃんも、あたしたち子供が小さいとき、このあたしとおなじような涙を何度も流しただろうと、ふッと思ったら、おばぁちゃんというひとに対するながい気持のしこりが、みるまに溶けてゆくような気がして……」

「つまり、おふくろさんをゆるした？」

「ゆるす、なんて言葉は傲慢かもしれないけれど……」

「いや、ゆるすでいいんだ。ぼくらがおふくろをゆるすということは、同時にぼくらがぼくら自身をゆるすことなんだ。つまり、ぼくらは解放されたことになるんだ、ぼくら自身の出生からね」

「ああ、そういう意味でなら、よくわかったわ」

「死んだ亮一兄もぼくもとうとう子供というものを持つことができなかった。だから、きみはたった一人でなく、これから三人でも四人でもたくさん子供を産んでおくれよ」


五年前の十一月下旬、私は津軽半島へ三泊四日の旅をした。その旅は津軽半島の西海岸に細い口をひらいた十三湖《じゅうさんこ》というみずうみを見るのが第一の目的であった。

私はここでこの世ならぬさびしい風景に出会った。いや、それは風景というものではなく、むざんに廃滅した歴史そのものの跡であった。鎌倉北条時代、ここは十三湊《とさみなと》とよばれ、京方と蝦夷とをむすぶ日本海貿易の最大の中継港として全国七湊の一つにかぞえられ、さらに南部氏侵攻以前、津軽の支配者であった安東氏がここに巨大な城を築いて、むつの国きっての繁栄を誇った由緒ある城下町として知られたところである。

が、私の視野にはその栄華の歴史の跡はひとかけらも入ってこなかった。にび色の光を照りかえしてひっそりと沈んだ灰色の湖面と、ひとすじの細い往還をつくって、その両側にひくい軒と軒とをもたせ合った十数戸の貧しい家並みと、そうしてあとはただ耳を聾《ろう》するばかりの怒濤の音だけがそこにあった。

しかしこの風景はひどく私の気に入った。私は湖畔の小さな釣り宿に一夜の泊まりを借り、まだ三十代と思われる若いおかみの酌で酒を飲んだ。客は私以外にはなかった。おかみは五所《ごしょ》川原《がわら》から嫁にきたという女であった。

「こんなさびしいところへ嫁にきて、さびしくはないかね」

私はこの若いおかみに要らぬ質問を発した。

「馴れてしまえば、はァ、なんでもないさネ」

若いおかみはひと息に笑いのけた。

翌日、私はこの十三湖からさらに半島の西海岸を北上して、そのどん詰まりにある小泊《こどまり》という古い港町を訪ね、そこからバスと私鉄と国鉄を乗りついで弘前に一泊。その翌日は弘前から青森へ出て、こんどは津軽線に乗って半島の東海岸を北上した。

津軽半島の突端は龍飛岬《たつぴみさき》である。

夕方近く、私はこの岬の突端に立った。そこはつまり突端の突端であった。そうしてそこは、私にとって〝場所〟と名づけられるもののなかでいちばん好きな場所であった。

岬の突端には、五十数キロの重量をもった私の躰をよろめかせるほどの強い風が吹いていた。私はそこに立った一本の石造の標柱に片腕をしっかり巻きつけて躰を支えなければならなかった。

曇り空のせいか、それとも夕暮れ近い時間のせいか、この海峡の対岸にある北海道の白神岬《しらかみ》は意外に遠い距離で私の視野に映った。

と、その岬の突端にぽつりと一つ橙色の灯がともった。白神岬の燈台が早くも点灯をはじめたのだ。ここよりも緯度の北にある北海道は夕闇のおちる時間が早いのだろう。が、海峡の向うにぽつりと一つともった孤独な橙色の灯が、奇妙に感傷的な気分を私の心にそそった。

「母はこの津軽半島で生まれ、少女のとき、もらわれて北海道へわたり、やがて養家の没落によって芸妓に売られ、そうして自分たち五人の子供を産んだのだ」

と私は思った。この思いは私の感傷を一層濃密なものにした。

海峡を吹きわたる風は一段と速度を増し、私の耳もとで空気のひき裂かれる音が笛のように鳴りはじめた。私はもう二本の腕で標柱に抱きついたまま、なおもしつこく対岸の灯に眼をあてつづけていた。

「おうい、おうい」

私の背後から、だれか人を呼ぶらしい声が風に乗ってきた。その声はしだいに私の方へ近づいてくるようだ。私は首をねじ向けてみた。すると、この岬の突端に近い燈台の白い建物の横手から、一人の男がかなり急な斜面をけんめいに駈けのぼってくるのが見えた。

「あンた、ちょっと待って……」

頂上に達したその男は、そう声をかけるなり、あわてて私とおなじ標柱に腕をからませた。男もまた風に吹き飛ばされそうになったからだ。

「あンた、いまごろ、こんなところで何してるんです」

男は息を切らせながらいった。濃いひげづらの、紺の半オーバーを着た四十年配の男だった。

「ああ、ここから北海道を眺めていたんですよ。北海道はぼくの郷里なもんだから」と私は答えた。

「あ、失礼しました。わたしはここに勤務する海上自衛隊の者です。下のトンネル工事の事務所に知り合いがいるんで、そいつを訪ねようと思ってやってきたら、あンたがこんなところに突っ立っている姿を見たもンで……なにしろここは自殺者のよく来るところなもんですから」

「いや、これはご親切に」

私は笑いながら頭をさげた。と、その私の顔になにか冷たいものが一片、ぺたりと貼りついた。

「雪だ！」

私の口から思わず大きな声がとび出た。

「とうとう来たな。これがことしの初雪です」

と海上自衛隊員はいった。

暮れ色の濃くなった高い空から、早くも無数の白い雪片が舞いはじめ、それが強い風にあおられて横ざまにケシ飛んで行く。

「これ以上ここにいては危険です。視界がきかなくなりますから。すぐ下りてください」

と海上自衛隊員はいった。

「それにしても、この龍飛岬の突端でことしの初雪に出会えたのは、実に幸運でしたよ」

と私は答えた。その私の言葉にウソはなかった。この津軽の旅の日取りを十一月下旬という季節にえらんだのも、むろん観光シーズンをはずすという意味がないではなかったが、しかしそれ以上に、ひょっとすればこの旅先で初雪に出会えるかもしれないという期待のほうが強かったからである。どうせ津軽の旅をするならば、私はぜひとも雪に出会いたかった。しかもそれは初雪でなければならなかった。おなじ北国の北海道という風土に生まれ育った私は、初雪というものに対して特殊な感情をもっている。

その年はじめての雪が、純白の羽毛の群れのように高い空からひらひらと舞いおりてくると、私たち子供は妙ににぎやかな気分になり、妙にはしゃぎたくなり、やがて家のなかにじっとしていられず、隣り近所さそい合わせては一団となって、街の通り通りを仔犬のように駈けぬけたものだ。

あのなんとも説明のつかぬ上機嫌な気分はいったいどういう心理のはたらきだったのだろう。すくなくとも私の故郷というものに対するノスタルジーには、少年の日のこの初雪の思い出が大きな要素をしめていることにまちがいはない。

しかし、いま、その初雪に出会いたいという私のひそかな期待は、思わぬ場所で果されたのだ。

「さァ、下りましょうか」

私は標柱を抱いた二本の腕をほどくと、その片方を親切な自衛隊員に向けてさし出した。すると相手も反射的にその片方の腕をこちらへからめてきた。私たち二人は仲のいい友だちのように、腕を組みながら、岬の斜面を大股にゆっくりと下りて行った。

その夜、私はこの岬の高い丘陵の裾に建った小さなホテルに一泊した。

2

五十数年ぶりに訪れる熊野神社の当主は、初対面の私をこころよく迎えてくれた。

私の母が生まれ、その少女期をすごしたのはこの神官の家である。正確にいえば、この家は母の母（私にとっては祖母）の実家であるが、祖母はこの実家で私の母を産み、産後まもなく青森市内の婚家先の出火、夫の病死という災厄が相ついだため、祖母は四人の子供たちとともに実家へ引き取られた。結局、この家は祖母の実家であると同時に、母自身にとっても実家同様の存在となったのである。

私のこの津軽の旅は、半島の根もとにあるこの小さな町の古い神社を訪ね、半世紀前の思い出を甦らせてみよう、というのが最後の目的であった。

私は母屋の戸をたたく前に、黙ってその境内を一巡してみた。きのうの初雪で、辺り一帯はうっすらと白いものにおおわれていたが、私の眼にうつるもので半世紀前の記憶とかさなるものは何一つなかった。

ひろい境内を三方からかこんだあの深く巨い杉林と松林はどこへ行ったのか。いまは社殿の背後に新しく植えられたらしい十数本の杉の木が、やせた幹をひょろひょろとさらしているだけだ。

かつてこの家の子供たちとあそんだテニスコートも、ふなやめだかを釣った池も、舌の先のしびれるほど冷たかった古い井戸も、赤い鳥居のお稲荷さんや、かわいらしい弁天さんの祠《ほこら》も、そして杉林と松林の向うに遠くひろがった麦畑も桑畑も桐畑もけし畑も、すべてがきれいに姿を消して、四分ノ一ほどに面積をせばめられた境内のまわりは密集した人家にぎしぎしとかこまれていた。

一時は使用人をふくめて十八人の大家族が同居したという、高い棟と、厚い茅ぶきの屋根と、太い柱をもってどっしりとかまえたあの母屋も、規模は小さいながら古い由緒と品格を誇ったあの権現づくりの社殿も、いまは小ぢんまりとちぢんだ別な建物に変って、ほとんど衰残といいたいほどのむざんな変貌をみせている。

「あんまりひどく姿が変ったので、さぞびっくりなさったでしょう」

と当主の俊貞さんはいった。

「社殿も母屋も、先代のとき焼けたのです。火元は浜の漁師の家でしたが、うちはまわりがぐるりと森にかこまれているので、たぶん大丈夫だろうというわけで、年寄りと子供だけを残して、あとはみな消火の手伝いに浜の方へ駈けつけたんですな。ところが強い浜風にあおられた火の粉がとんできて、うちの屋根に落ちたんです。なにしろ茅ぶきで、おまけに日照りつづきですっかり乾ききっていたところだったものだから、たちまち火がまわって、結局一物も持ち出さずに焼け失せてしまったんだそうです。私は二つか三つの子供でしたから、この火事については全く記憶はありませんが……」

そして戦後は例の農地改革で、田地田畑はすっかり取られた上、その経済的苦境のなかで、兄母父と家族三人の病死が相次ぐという不幸があったため、わずかに残った屋敷まわりの土地もつぎつぎと手放さなければならなかったという。

現在、この当主は無住となった近村幾つかの神社の神官を兼務するかたわら、近くの小学校の教師も勤めているという。

「ところで、お手紙にあった古い資料のことですが、実は父の代まで相当の量のものが大きなつづらに入ってだいじに保存されていたそうですが、これもさきにお話した火事でみな焼けてしまったんです。ほかのものなら、たいてい金で買えるが、あのつづらの中の物だけは万金を投じても買えないものだったと、後年父はわたしによく愚痴をこぼしたものです。せっかくおいで下さったのに、なんにもお役に立てなくて」と俊貞さんはいった。

「いや、そういうものを見て、とくべつに何かを勉強しようというのじゃないんです。ただ私も年のせいか、古いことがなんだか気にかかるようになったものですから」と私は答えた。つづけて私はいった。

「むかし、こちらの境内に『大友黒主命《おおとものくろぬしのみこと》』というかなり高い石碑がたしか建っていたはずだと思いますが……」

「ああ、あれはもうずいぶん古いもので、あちこち傷みがひどくなってきたものですから、いま青森市内の石屋に修理に出してあるんです。ところがその石屋さん、名人肌というのか、ふだんは朝から酒ばかり飲んでいて、よほど気がむかないと仕事にかからないということで、預けてもう半年以上にもなるのに、まだ出来てこないんですよ」

「私の母にいわせると、その大友黒主さんというのが佐和田家の先祖だということになっているんですが」

「ええ、わたしも亡くなった父から、そのようにきいております。父は祖父からきいたといっておりました」

「私の母はお祖母《ばあ》さんからきいたそうです。つまりあなたにとっては曾祖母に当る方ですね。実は、私がこちらへ差しあげたお手紙に、古い資料などということを書いたのは、その大友黒主と佐和田家の関係をもうすこしくわしく確める記録のようなものを、ひょっとしてお持ちではないかと思ったものですから」

「いえ、わたしもとくべつ身を入れて調べたわけではありませんが、そういう確実な記録といったようなものは何もないようですよ」

「いわば伝承ですね」

「そうです、伝承です。いつのころからはじまったか知りませんが、とにかく先祖代々、それを口伝えにつぎつぎと申し送ってきたんでしょうな」

「失礼ですが、あなたは何代目になりますか」

「わたしは十七代目ということになっております」

「それにしても、あなたや私の遠い先祖に、大友黒主さんという人物がいるらしいというのは、なんだか愉しい気分ですな」と私はいった。

「ええ、実はわたしもそれを半分くらい信じているんです」

そういって俊貞さんは、血色のいい丸顔に一段と赤い血をのぼらせながら、愉快そうな笑い声をあげた。

私がその石碑を見たのは、たぶん小学校の三年か四年のときであったと思う。

その年の夏休み、私は樺太の敷香《しすか》というところで漁場を経営している叔父につれられて、青森のネブタ祭りを見物に出かけた。私が津軽海峡をわたって「内地」というものを見たのは、それがはじめてである。（ついでながら、いまの北海道人は、この内地のことを「本州」とよんでいる）

ネブタ祭りは美しかった。内側からあかるい照明にてらし出された極彩色の巨大な武者燈籠が幾十となくつらなって、笛や太鼓や三味線のにぎやかなお囃子《はやし》につれて町々を勇壮にねり歩く。子供の私の眼に、それは黒い夜空にたかだかと浮かびあがった壮麗な夢のように見えた。

が、祭りは終ってしまえば、それまでのことだった。それは一夜の幻にしかすぎなかった。それよりも私には、母の実家の大勢の子供たちと、どろまみれ塩まみれになってあそぶほうが愉しかった。

この神社にはひろい境内があり、そこにはテニスコートがあり、大きな池があり、まわりには杉や松の高い森があり、そして近くには川があり、海があった。子供のあそび場はいたる所にあった。

大勢の子供たちのなかで、私はログロウちゃ（陸郎ちゃん）とシホっちゃ（志保子ちゃん）とよばれる二人の子といちばんの仲良しになった。ログロウちゃは小学校の二年生、シホっちゃはそれより二つほど年下の女の子だった。

ある夕方、私たち三人はあそびつかれて、境内の一隅に建った高い石碑の前にぺたりと腰をおろした。それは二メートルほどの高さの、赭黒い色をした、しかもその表面には小さな緑色の苔がごまつぶのように貼りついた石碑で、頭のほうが幅がひろくて裾のほうがやや狭くなった、ちょうど神主さんの持つあの笏《しゃく》のような形をしていた。

私はそこに彫られた文字をさっと読んだ。それは大国主命と読まれた。

「おれ、この人の名前知ってるよ」と私はいった。「これ、大黒《だいこく》さんのことだろ、イナバの白うさぎの……」

「ちがう」とログロウちゃがいった。「これ、大友黒主命だ」

たしかにそれは大国主命ではなく、大友黒主命だった。私の早とちりだった。

「この大友黒主命ってどんな神さまだい？」と私はいった。

「我家《わえ》のご先祖さまだ」とログロウちゃがいった。

「我家のご先祖さまだ」とつづいてシホっちゃがいった。

二人ともそれ以上のことはいわなかった。むろん私のほうも、この大友黒主なるものがいかなる人物であるかを全く知らなかった。

しかしその夜、私は寝床のなかで夏休みの日記帳をひらき、その日の特記すべき記事として、その大友黒主命の石碑を色鉛筆で描き、この人が母の生まれた家の先祖である旨を記録した。夏休みが終って、私はその宿題の日記帳を担任の教師に提出した。しかし担任の教師は、私の日記帳を全部読んでくれたのかどうか、その第一頁目に赤い二重丸を一つつけただけで、黙って返してよこした。


私が、大友黒主なるものがいかなる人物であるかをはじめて知ったのは、中学三年生のときである。

冬休みのある一夜、友人の家で催されたカルタ会の席上でだった。

北海道のカルタ取りは、内地のように上の句を読んで下の句を取るのではなく、いきなり下の句を読んで下の句を取るのだ。どうしてこういうことになったのか、私にはわからない。それにカルタの札も内地のように紙の札ではなく、北海道では木の札を使う。これも、どうしてそういうことになったのか、私にはわからない。そうしてカルタ取りのマニアになると、ひとさし指と中指の二本の指に皮のサックをはめ、それにちょっと湿り気をくれ、その吸着力を利用してねらった札を指先に吸いつけたまま全力ではねとばす。すると猛烈なスピードで飛んでいった木の札が、座敷の障子や襖の紙にぐさと刺さりこんで、勝負に一段と殺気が加わる。だからカルタがはじまると、用心深い家では座敷の障子や襖に厚いカーテンや毛布をかけて防衛したものだ。

私の出たそのカルタ会はみな同年配の中学生ばかりで、女の子はひとりもなかった。思春期の若い男と女がせまい部屋にこもっていっしょにあそぶというのは、私の町ではまだきびしいタブーになっていた。

しかしその夜、カルタの読み手として招かれた大学生はまるで芝居の女形みたいな感じの男だった。友人の従兄で、学校の冬休みを利用して東京からこの家へ遊びにきているのだという。頭の髪をくびすじのあたりまで長くのばし、青白い顔に唇だけが妙に赤くて、ほっそりした躰に青い色の着物をきていた。

四人一組で紅白にわかれた勝負が二番ほどすんだところで、その大学生は持ってきた本をひらいて「小倉百人一首」について一席の講義をわれわれにきかせた。

しかし彼の講義は、その熱心さにもかかわらず、田舎の中学生の耳にはひどく退屈なものにきこえた。われわれは彼のおそろしくよく動く赤い唇を、ただぼんやりと眺めているだけのことだった。

およそ半時間に近い退屈な講義がやっと終りに近づいたらしいころ、彼は突然われわれにむかって質問を発した。

「きみたちは、六歌仙という言葉を知っているか」

むろん、だれも答える者はない。大学生はその本のなかから五人の歌人の名をあげた。その中で私の知っているのは小野小町という女の名前だけだった。

「それに、大友黒主」

と大学生はいった。

「この大友黒主を加えた六人が、平安初期の最もすぐれた歌人として、六歌仙とよばれたのだ」

「あ!」

と私は思った。大友黒主という名前が思いもかけぬところで飛び出したのだ。あの小学生の夏休みの日の記憶があざやかに甦った。すると、あの津軽の神社の境内に建っていた高い石碑の名前は、神代時代の伝説的人物の名ではなく、平安時代に実在した歌人の名前であったのだ。

「我家のご先祖さまだ」

とログロウちゃも、シホっちゃもいった。二人とも断乎たる言い方だった。これはどういうことだろう。

しかし私は別な質問を大学生にした。

「その大友黒主という人の歌は、この小倉百人一首のなかに入っていますか」

「ちょっと待ってくれ、いま調べてみるから」

そういって大学生は本のいちばん最後の頁をひらくと、そこに指先を当てて、ずうっとなぞって行った。

「大友黒主は入っていないな。六歌仙のうち、ほかの五人はみな入ってるのに。これはすこしへんだな。仮りにも六歌仙といわれたほどの人なら、かならず入っていていいはずなんだが……」

大学生はそれ以上の説明をすることができなかった。私には黒主の歌の入っていないことがひどく不満だった。もしそれが入っていれば、私はその札だけは絶対死守して、ほかのだれの手にも渡さないだろうに。

しかし私は、あの大友黒主が平安時代の初期に実在したすぐれた歌人であったことを知っただけでも満足しなければならなかった。

この津軽の旅に出てくる前、私はあるひそかな期待から「古今集」のなかで、大友黒主に関係のある部分だけをひろい読みしてみた。

この「古今集」の仮名序のなかで、紀貫之は六歌仙の一人ひとりの歌風について、それぞれに鋭い寸評をくわえている。
僧正遍照《へんじよう》は「歌のさまは得たれども、まことすくなし。たとへば、絵にかける女《をうな》を見て、いたづらに心を動かすがごとし」
在原業平は「その心余りて、詞《ことば》たらず。しぼめる花の色なくて匂ひ残れるがごとし」
文屋康秀は「詞はたくみにて、そのさま身におはず。いはば、商人《あきひと》のよき衣《きぬ》着たらむがごとし」
喜撰法師は「詞かすかにして、始め終りたしかならず。いはば、秋の月を見るに暁の雲にあへるがごとし」
小野小町は「古の衣通姫《そとほりひめ》の流《りう》なり。あはれなるやうにて、つよからず。いはば、よき女《をうな》のなやめるところあるに似たり」
そうして最後に、わが大友黒主はつぎのように書かれている。
大友黒主は「そのさまいやし。いはば、薪《たきぎ》負へる山人の花の蔭に休めるがごとし」
しかしここで貫之のいう〝いやし〟とは、〝卑し〟でも〝賤し〟でもなく、〝鄙し〟であった。つまり黒主の歌は、姿がひなびているというのだ。それはたとえば「たきぎを背負った山びとが花のかげに休んでいる」といった感じなのだという。貫之のこの比喩はまことに巧みであり、かつ美しい。しかもほかの五人の歌仙にたいする批評の辛辣さにくらべると、貫之の黒主にたいするこの批評は最も好意的であるようにさえ私には感じられる。ひいきの引き倒しというなかれ。

その例として、貫之はつぎの歌二首をあげている。

思ひいでて恋しきときは初雁のなきて渡ると人は知らずや

鏡山いざたちよりて見てゆかむ年経ぬる身は老いやしぬると

ある日本史辞典をひいてみると、大友黒主の項には、つぎのように書かれている。

大友黒主　生没年不詳。平安前期の歌人。近江滋賀郡大友郷の人。父祖については諸説があり明らかではない。滋賀郡の大領を経て、貞観年間（八五九―八七六）園城寺《おんじようじ》神祠別当をつとめた。六歌仙の一人。歌は「古今集」に収録。

右の文のなかに「滋賀郡の大領を経て」とあるが、「大領」とは「郡の長官。こおりのみやつこ。おおみやつこ」（広辞苑）とあり、つぎに「園城寺神祠別当をつとめた」とあるが、「別当」とは「有官の人が別にその職に当るから名づける」というのが字義となって、そのあとへ時代時代によるさまざまな官職名が列挙されている。

私には「園城寺神祠別当」というのが、なんとなく気にかかる。園城寺はつまり三井寺であり、延暦寺の山門派に対する天台宗寺門派の総本山であることぐらいは私でも知っている。しかし「神祠別当」とはどういうことか。園城寺の境域内には別に神社でも建っていたのか。それは熊野系の神社でもあったのか。大友黒主はその神社の神官職を兼務していたのか。そうして、その黒主の末裔がいつの世のころか流れながれて道奥《みちのく》の果てにたどりつき、そこに根をおろして社《やしろ》を営み、やがて佐和田なる姓を名乗ることになったのか。

むろんこれは私の単なる想像にすぎない。しかしおなじ先祖探しにしても、清和源氏何代の末裔とか、藤原のなにがし何代の末孫とかいう、大げさで、しかつめらしい贋の系図を出されるよりも、大友黒主という平安時代の一歌人を「我家のご先祖さまだ」として代々うけついできた佐和田家のこの伝承のほうが、はるかに私自身には愉しい。

その夜、私は佐和田家に泊まることになった。すでに寝床に入った私に、俊貞さんは「これにちょっとうちのことが出ていますから」と一冊の本を枕もとにおいて出て行った。

江戸中期の国学者・本草学者で、かつ大旅行家であった菅江真澄の著述で、その津軽紀行「栖家能山《すみかのやま》」という章に栞がはさんである。

寛政八年卯月ばかり、陸奥のおくの国べは、もはら今を花のまさかりなれば、すずろに心うかれたち、そことなう見ありきて、夕日花にさしかげろふころ蒼杜（あをもり）のみなとべを出て、卒土《そと》が浜づたいして大浜の里に至り、十二所権現の桜も見まく、ここにまうでてぬさとる。此みやしろは、いそのかみふりにしみやどころながら、すたれたるを、永禄のむかし北畠

大納言源具永《ともなが》卿ふたたびおこして給ふのよし（中略）
みくまののうらのはまゆふもも重にも千重にもかかる花のしら雲
とばかりながめて、神主さわ田のもとに宿つく（後略）

右の文中「十二所権現」とあるところに赤線がひかれ、欄外に「正しくは熊野十二所権現、当社の旧称なり」と註記がしてある。

つまり寛政のころ、菅江真澄が出羽の国から津軽へ桜見物にやってきて、あちこち出歩いた末、半島の東海岸大浜の里で由緒古いときくこの神社に詣り、そこの桜もみたついでに、一首の歌を挨拶がわりに呈して、神主である佐和田の家に一夜の宿をかりた、ということであろう。家系に関する古い文書類を一切焼失したという当主の俊貞さんにしてみれば、菅江真澄なる江戸時代の学者の筆に、わが神社とわが家の名とが、しかと記されてのこった、ということは、せめてもの慰めであろう。それはこの私自身にとっても、いささかの感慨がないわけではない。

3

私には大友黒主さんのほかに、もう一人、興味ある人物がいる。それは松旭斎《しょうきょくさい》一光という名の曲芸師である。

もし運命というものの針が狂わなければ、この曲芸師は、私の母の夫となったかもしれない人物だからである。

私の母である文子は、数え年九つのとき、北海道小樽で海産物問屋をいとなむ志村源蔵夫婦に養女にもらわれた。(もらわれるまでのいきさつは、この小説には関係のないことだから省略する)

これは文子が志村家へ養女にきてから三年も経ってはじめて知ったことだが、源蔵夫婦には実の娘が二人もいたのだ。しかしこの娘二人は、事実上、親を捨てたかたちになっていたのである。

長女のユキは京都出身の吉井という興行師と結婚したのだが、吉井は関西で何人かの芸人をあつめてささやかな一座を組織すると、そのままフランスへ渡り、パリを根城としてヨーロッパ各地を巡業してあるき、夫婦ともここ十年以上いちども日本へ帰ってこない。次女のハナのほうは、親のきめた男をふり捨てて、すこしやくざがかった若い請負師のもとへ走ったため、頑固な源蔵から義絶されていた。

やがて志村家には、不幸が二つ、相ついで襲うことになる。源蔵がひとのくち車にのってニシン漁に手を出し、身代ぎりぎりの仕込みをした。ところがヤマがはずれて、さんざんの不漁となり、もろくも倒産してしまう。この打撃から源蔵は床についたが、そのまま起き上れず、翌年あっというまに他界してしまう。文子は養母のセンとともに、それまでのひろい家から小さな借家にひき移って、ひっそくの身となる。日露戦争のさなかであった。

さいわい日露戦争は勝利に終り、小樽の町じゅうが歓呼でわき立っているところへ、パリの吉井夫婦が養子の一光をともなって、十六年ぶりに帰国する旨の知らせが入った。

養母のセンは、めずらしい外国の切手のはった封筒のなかから一葉の写真をとり出すと、

「お前は、このひとと夫婦になるんだよ」

といって、それを文子に見せた。

洒落た蝶ネクタイに、派手なチェックの柄の洋服を着て、髪を七三に分けた、眉の濃い二十三、四の若い男だった。

「どうだ、なかなかいい男前だろ」とセンはいった。

「なんだかすこし鼻が大きいわね」

文子は遠慮のないことをいった。このとき文子は満十五歳である。

お前と一光をいっしょにさせることは、吉井夫婦との前々からの約束であった、とセンはいった。しかし十五歳の文子にとって、結婚はまだ遠い先の夢であったから、センにそんなことをいわれても、実感が湧かない。文子はいいとも厭ともいわず、なんとなくあいまいな表情で、その若い男の写真にぼんやり眼をあてていた。それが承諾のしるしとなった。

吉井夫婦と一光の神戸港へつく日が電報で知らされた。かれらを神戸へ出迎えるべく、センと文子はながい旅支度をして小樽を発ち、函館から船で青森へついた。青森では港に近い旅館に一泊して、ひとまず旅の疲れをいやすことになった。

センが気をきかせて、この旅館へ文子の実母のトモや姉や兄をいっしょに招んだのが、まちがいのもととなった。

文子の婚約の相手が曲芸師であることを知らされた兄の晴夫は「そんな芸人なんかのところへ妹は絶対にやらない」と顔を蒼くして反対した。この三つ年上の兄は青森の電信局につとめていたが、昔から文子にはやさしい兄であった。すでに他家へ嫁いでいた長姉の加代は「相手さえしっかりした人なら、職業はなんでもかまわないじゃないの」と一応の理解はみせたが、実母のトモはやはりいい顔をしなかった。当時の一般社会の眼からは、芸人は一段下の人間であった。しかし文子は養女に出した娘である。トモもセンの前ではおもて立って反対はできなかった。

結局センは晴夫ひとりを相手に説得にかかったが、晴夫は依然として承服しない。短腹なセンはついにヒステリーじみた声をあげて「文子はわたしがもらった娘だ。煮て食おうと焼いて食おうとわたしの勝手だ」といい放った。

すると晴夫も負けずに激昂して「こんな鬼みたいなやつのところへ、妹は絶対に返さない。妹ひとりぐらい、おれが養ってやる」というなり、文子の肩に手をかけて表へひっぱり出そうとした。

養母と実の兄と、この二人のすさまじい見幕にはさまれて、文子は声をあげて泣き出した。そして文子の口から「神戸へ行くのは厭だ」という言葉が思わずとび出した。あとはただ首を烈しく振って泣きじゃくるだけのことだった。そのうち加代もつられて、わッと泣き伏した。

さすがにトモは年の功で、この修羅場にいちおう収まりをつけた。翌日、センはひとりで神戸へ発って行き、文子はしばらくということで佐和田の家にあずかってもらうことになった。十五歳の小娘のことだから、二、三日もすれば気が変るだろう、というのが双方の母親の腹づもりだった。

ところがこの「しばらく」という話が、結局は二年間という思わぬ長期間になってしまったのである。

七年ぶりで佐和田家のにぎやかな空気にふれた文子は、もうセンと二人きりのさびしい小樽の家に帰るのは厭であった。そうして、いったん心が決まると、あとはだれが何といおうと意地を通すというのが、文子の性格でもあった。トモはこの娘のために戸籍を返してくれるよう何度も手紙を小樽に出したが、センからは一度の返事もなかった。

そのうち、センにも文子にも、大きな出来事がつづいて起ることになる。

十六年ぶりに日本へ帰ってきた吉井夫婦は、興行師としての世界からさっぱりと足を洗って、小さな雑貨屋をはじめ、養子の一光を松旭斎天一《てんいち》の一座にあずけた。当時、天一一座は花形スター天勝《てんかつ》を擁して、飛ぶ鳥をおとす天下の人気者であった。しかし吉井の妻のユキは長い外国ぐらしの疲れがどっと出たのか、まもなく病に倒れ、半年と経たぬうちに死ぬ。亭主の吉井もやがてぶらぶら病にかかり、足腰がきかなくなって、京都の身内へひき取られて行く。

一方、文子のほうも、兄の晴夫が眼をかけてくれていた上役とともに朝鮮の京城へ行く。実母のトモは子持ちのやもめとなった中年の官吏と再婚して弘前へ行く。弟の猛夫は樺太の敷香で漁場を経営している親方の養子となって遠く樺太の果てへ行く。

　こうしてセンも文子も孤独の身となり、結局、文子はふたたび小樽の養家へもどることになった。


「それじゃ、おばぁちゃんはその一光というひととは、ついに一度も会わずじまいになったわけだね」と私は老母にいった。

「うん、一光からは——母はなぜか一光と呼びすてにした——あちこちの巡業先からよく絵ハガキをもらったけどね。あたしは一度もお礼の返事を出さなかったよ。写真でしか顔を知らないひとだからね。いや、一光の顔はたった一度だけ見たことがあるよ。あれは大正のはじめごろだったと思うけど、天勝の一座が北海道巡業にきてね、ほら、M町の神田座、あそこで興行したんだよ。そのとき一光があたしのところへ使いをよこしてね、ぜひ舞台を観にきてくれといって招待券をおいて行ったんだよ。それであたしは観に行ったのさ」

「一光さんて、どんなひとだった?」

「舞台だから、顔にお化粧しているしね。それに変った洋服をきて、舞台をくるくるとよく動きまわるもんだから」

「どんな芸をみせたの？」

「さァ、古い昔のことだからすっかり忘れてしまったよ。なんでも白いボールを使ってする芸だったと思うけど」

「楽屋へは訪ねてみなかったんだね？」

「訪ねなかったよ。訪ねたってしょうがないもの」

「どうして？」

「だって、一光だってそのときはもう独り身じゃなかったろうし、あたしにももうあんた方が出来ていたからね」

「そんなこと関係ないじゃないか」

しかし母は答えなかった。着ぶくれた背中を丸め、小さな白髪頭をすこし横に傾けて、なにやらぼんやりした顔つきになった。


私には、ひょっとしたら私の母と結婚したかもしれないこの松旭斎一光という曲芸師の、その後の人生がなんとなく気になった。しかし、なんとなく気になるというだけで、無精者の私は、それを追跡して調べてみようというところまでは行かなかった。

ところが、ことしの春、私はある偶然のことから、伝記『松旭斎天勝』の著者であり、かつ天勝一座の文芸部長という職をながく勤めた石川雅章という人物の存在を知ることになった。

私は思いきって氏のお宅に電話を入れ、お話をうかがいに参上したい旨を申し出た。さァ明日にでもどうぞ、という気早い返事がかえってきた。

さっそく翌日、私は大田区久ヶ原《くがはら》の氏のお宅を訪ね、あらためて来意をつげた。

「ああ、一光さんのことですか。一光さんならばわたしはよく知っていますよ」

石川氏は品のいい笑顔をみせながら、私にいった。見事な白髪で、長身痩軀、市井にかくれた老学究といった感じのひとである。年は六十四歳の私よりも三つか四つは上のように思われた。

「わたしはもともとは新聞記者ですが、若いころは久留島《くるしま》武彦先生の弟子で、児童劇の脚本を書いたり、演出をしたり、そんなことを勤めのかたわらやっていたんです。劇場《こや》はたいてい有楽座でした。そのころ天勝一座でも、子供の客たちのために奇術や魔術の入ったお伽芝居をやろうということになって、わたしがそのお手伝いに招ばれたんです。それが天勝一座とのかかわり合いになって、のちにこの一座の文芸部長なんていう仕事をすることになった次第なんです」

「あなたの眼からごらんになって、一光という人はどういうタイプの人物でしたか。なんでも鼻の大きいひとだったそうですが……」

「おや、そんなことをよくご存知で?」

「お袋から、昔きいたことがあるんです」

「ええ、一光さんはたしかに鼻の大きいひとで、そのため〝ハナの一光〟というアダ名をもらっていました。しかし団子鼻みたいな鼻というんじゃなくて、むしろ鼻すじのすっきり通った日本人離れした高い鼻、という意味で、そういうアダ名がついたんですな。鼻ばかりでなく、顔の造作が彫りの深い、なかなかの美男子でしたから、一座の女たちばかりでなく、女性のお客さんたちにもたいへん人気がありましたね」

「一光さんの芸は、どういう芸だったんでしょうか?」

「器用なひとで、いろいろな芸をやりましたけど、なかでも〝一つ毬〟という芸が得意でしたね。これは一光さん自身からきいた話ですが、この一つ毬という芸は、一光さんが若いときドイツで修業して身につけたものだ、といってましたな。さすがに外国仕込みだけあって、スピーディで、切れが鋭くて、当時では実にフレッシュな芸をみせてくれたものです」

「むろん結婚して子供さんもあったと思いますが」

「ええ、一座の静子というひとと結婚して、たしか娘さんが一人あったと思います。しかし静子さんは若いうちに亡くなって、そのあと、やはり一座の優子というひとと再婚しました。このひとは天優という芸名で奇術をやってたひとです。前の静子さんもこの優子さんも、二人そろってなかなかの美人でしたな。のちに一光さんは天勝一座から独立して、一光・天優一座という小人数の一座を組織して、もっぱら地方を巡業してあるいてたようです」

この石川氏は、私の想像する年齢にもかかわらず、驚くべき記憶力の持主であった。私のつぎつぎに発する勝手な質問に、氏はほとんど即座にという感じで答えてくれた。しまいに私は呆れて、思わず笑い声さえあげてしまった。

「いや、驚きました」と私はいった。「天勝について詳しい記憶をお持ちということなら、私にも分らないではありませんが、世間的にはとくべつ有名でもなかった一光さんのことまで、そんなに詳しく知ってらっしゃるとは……」

「ちょっとお待ち下さい」

そういって石川氏は応接室のソファから腰をあげると、つぎの間の書斎らしい部屋から一冊の本を手にして、私の前においた。氏の著書である『松旭斎天勝』の伝記であった。四六判三百頁を越える労作で、昭和四十三年十二月五日発行としてある。

「むろんそれは天勝を主人公として書いたものですが、中には一光氏のことも何カ所かに出ているはずです。よろしかったら、お持ち帰りになって読んでみて下さい。ただし、その本は手許に一冊しかないので、差し上げるというわけにはまいりませんが……」

私は厚く謝意をのべて、氏の宅を辞した。

数日して、氏から電話があった。

「先日お質ねのあった一光氏の晩年のことですが……実はむかし初代天勝の一座にいたひとで、天花という、もう八十歳近いおばぁさんがいまも健在でいますので、その天花さんに質ねてみました。一光さん夫婦は浅草の蔵前に所帯をもって、かなりの年まであちこちの寄席に夫婦で出ていたそうです。後添えの優子さんとのあいだには子供がなく、先妻の静子さんの娘さんも一時期いっしょに寄席に出ていたそうですが、どういう事情があったのか、のちに深川から芸者に出たということです。しかしこの娘さんも若くして亡くなり、やがて優子さんにも死別されて、結局、一光氏は養老院で亡くなったらしい、とこれは噂できいたそうです。晩年はさびしい人であったらしいですね」

「ありがとうございます」

と私は電話口で頭をさげた。

その夜、私は茶の間で母や家内といっしょに葡萄酒を飲みながら「一光さんは、晩年は養老院で死んだらしいよ」といった。

「ああ、そうかい」

ひとこと答えただけで、母はそれ以上なにもいわなかった。例のごとく、背中を丸め、小さな白髪頭をすこし横に傾けて、なにやらぼんやりした顔つきになった。

いま、この八十六歳になった母の頭のなかで、雪のようなものが音もなく降っている、と私は思った。

すると、私のほうもまた、あの津軽野の雪がしきりに恋しくなった。

〔1976(昭和51)年「文學界」6月号 初出〕

鳥

「ごくろうさん」といって、老母が盃をあげる。

「ごくろうさま」といって、妻が盃をあげる。

「ああ、ごくろうさん」

そういって、私が盃をあげる。

私の満五十歳の誕生日である。

食卓代りの炬燵《こたつ》板の上では、豚スキの土鍋がしずかに煮えている。それだけである。ささやかな誕生日の晩餐である。

老母と妻は一杯の盃をほすと、早くも食事にとりかかる。私の方は、二杯目からは独酌である。

（なるほど、ごくろうさんか……）と私は思う。

いつの誕生日から、この「ごくろうさん」というセリフに変ったのだろう。こういうときには、ともかくも「おめでとう」というのが建て前ではないか。

しかし満五十歳の誕生日では、「おめでとう」というのは、すこし華やかすぎて、不調和かもしれない。「ごくろうさん」ぐらいがちょうどいいところかもしれない。この言葉には含蓄がある。

「いいおだしが出てること……」

「この、しゅんぎく、とてもいい香り……」

老母と妻は、今夜の主賓であるべき私をあッさり無視してしまっている。私は「ごくろうさん」というたったひと言で片づけられてしまったのだ。

だが、もしこの場に年頃の娘がいるとすれば、

「パパ、お誕生日、おめでとう」

とかなんとかいって、いかにも女の子らしい、やさしくて可愛らしい小さな贈り物を私の前にさし出すところだろう。

それがもし年頃の息子だとすれば、

「お父さん、満五十歳の誕生日の感想はいかがです？　五十年、ただなんとなく生きてきたっていうだけのこッてすか？」

こういう傲慢な質問を発して、ニヤリと軽蔑的なうすわらいをもらすところだろう。

（なるほど、満五十歳の誕生日の感想か？）と私は考える。

どうもこの質問には答えなくてはならぬらしい。いや、答えるべき義務がありそうだ。

そこで私は、この架空の息子の架空の質問に、いささか荘重な身振りをもって、つぎのように答えるだろう。

「きけ、お前の父の満五十歳の誕生日の感想はだな……」

だが、つぎの言葉が私の口からは出てこない。私は絶句する。

「要するに、ただなんとなく生きてきた、というだけのこッてしょ？」

皮肉で、意地のわるい、傲慢な息子の顔が私の眼の前にある。

「いや、ひとりの人間が、ともかくもこの人生を五十年も生きてきた、ということはだな……」

「それが何です、全然無意味じゃありませんか」

「意味はないか？　しかし、たとえ意味はなくとも、重いとか、軽いとか、そういうことはあるだろう」

「なんだ、重量の問題か。価値の問題じゃないんだな。それじゃ、お父さんの五十年はいったいどっちなんです？　重かった方か、軽かった方か？」

「そうだな、ひどく重かったようでもあるし、ひどく軽かったようでもあるし、といってとくべつ重くも軽くもなかったようでもあるし……」

「それじゃ、話にならねぇや」

「そうだな、話にならんな」

「ヘッ、頭にきちゃう」

息子はまた軽蔑的なうすわらいをうかべて、父親の顔を見返すだろう。

五十歳の誕生日——こういうものはない方がよろしい。誕生日のお祝いなどというものは、せいぜい二十五歳ぐらいまででやめた方がよろしい。

私は自分の首とお銚子の首を同時にイヤイヤと振ってみせながら、

「おい、カラだよ」

「あら、ごめんなさい」

妻があわてて新しい銚子のお代りをする。

今夜はとくべつ特級酒をフンパツしたはずなのに、お燗がつきすぎたせいか、酒の味がひどく辛く、そしてニガイようである。


――そのとき、兄の軀は私の胸の中にあった。兄は唇のへりから少量のうすい茶褐色の泡をもらしていた。

「ご臨終です」と医師がいった。

老母と嫂《あによめ》がワッと声をあげて、畳に泣き伏した。私は兄の軀をしきりに揺すりながら、その名を呼んだ。

それがまったくむなしい動作であることを知ったとき、私をまず最初に襲ったのは、悲哀の感情ではなかった。またその不当で、突然な死にたいする怒りの感情でもなかった。

それは、いってみれば、「シテやられた！」という感情だった。

兄の死は自殺であった。そして私自身もまた、それと同じことを二度試み、二度とも失敗している人間であった。兄はたった一度でそれに成功したのだ。私は先を越されたわけである。

だから、そのとき私の感じた「シテやられた」という感情を、もうすこし煮つめれば、それは「嫉妬」という感情に変形したかもしれない。

がしかし、冷たくなった兄の軀を抱きながら、私はつぎのように思ったものだ。

(これで、おれはもうこの兄のマネはできなくなったんだな)

つぎの瞬間、ふいに或る言葉があざやかに私の脳裡にうかんだ。

「四十路《よそじ》に足らぬほどにて死なんこそ、めやすべけれ」

旧制中学の四年、国語の時間で、教科書の「徒然草」のページをひらいたとき、この言葉の横に太く濃く引かれた二本の赤い線が鋭く私の眼を射た。その「徒然草」は兄のお下《さが》りであったから、その赤い二本の線はたしかに兄の引いたものにちがいなかった。しかもその赤い二本の線の横には、ごていねいにも「同感!」という文字が、いやに昂然たる書体をもって記入されていたのである。

私はしかし、そこから異様という感じはすこしも受けとらなかった。それどころか、私自身もまた机の上の筆箱から一本の赤い色鉛筆を取りあげるなり、その「同感!」という文字の横に、兄と同じく太く濃い二本の線をまッすぐに引いたのである。

学校から帰った私は、このことについてはひとことも兄には話さなかった。だが、このときから私の兄を見る眼に一種の陰翳が加わったことは事実のようである。おそらく私は、この一つ年上の兄にひそかな共犯者を発見したのだ。

兄は死んだ。行年三十九歳。まさしく彼は「四十路に足らぬほどにて」死んだのだ。そうして彼に「シテやられた」弟である私は、この兄を、現世に生き難い人間の一人として、その死を是認し、いやそれ以上に、少年の日の永い願いを果したものとして、彼の死を嘉《よみ》したのである。それが、この兄の死にたいする私の唯一のはなむけであった。

（ところで、自分という人間が生きようとする意志の力の弱い人間であるらしいことをぼんやりと意識しはじめたのは、あれはいつごろからだったろう？）

ずいぶん遠い昔のことだ。

中学何年生かの私は、学校から帰ると、夕食前のひととき茶の間に寝そべって、その日の新聞をひらく。まッ先に眼が行くのはやはり社会面である。すると、その現象がいつごろはじまったのか、ともかく「自殺」という活字が、まるでそれだけがとくべつのインクで印刷されたかのように、きわ立った鮮明さをもって、いきなり紙面から私の視野にとびこんでくるのだ。私は直ちにその記事にとびつく。

そこに書かれた自殺の原因はさまざまであった。生活苦、病苦、厭世、失恋……。そしてその自殺の方法もさまざまであった。ある者は縊首《いしゅ》、ある者は薬物、ある者は投身、ある者は刃物……。

しかし中学生の私にとって問題なのは、彼等の自殺の原因や方法ではなく、もっぱらその新聞記事の最後の一行にかかっているのだ。

もしそこに「本人は何時何十分絶命」とあれば、ふいに私の心は明るくなり、もし反対に、「なお本人は手当ての結果、生命はとりとめる模様」などとあれば、ふいに私の心は暗くなるのである。

この明暗の心理反応は、私にとっては全く反射的なもので、しかも無条件反射であった。私はこれらの自殺失敗者たちに心からの同情を感じながら、腹のなかでつぶやく。

「可哀そうに、生き返ったりなんかして……」

だが、私の彼等にたいするこの同情は、やがて積極的な侮蔑にかわるようになった。

「なんだい、失敗なんかしやがって、バカな奴だ」

むろん私はこのことをだれにも話さなかった。それを第三者に打ち明けることは、逆に私自身が「弱者」として相手から侮蔑されるであろうことを本能的に私はおそれたからである。

生者よりもむしろ死者を祝福しようとするこの思想——それは明らかに弱者の思想にちがいなかった。したがって私は自分もまたその弱者の一人であることをイヤでも認識せざるをえなかった。しかも私の場合、それが反射的なものであり、本能的なものであることによってかえって自分を「弱者」とするこの考え方は、抜きがたい固定観念となったのである。

しかし北方のあらい風土を環境とする田舎の一中学生にとって、自己を弱者とする思想には到底耐えきれるものではない。私は剣道に熱中しはじめた。身長がクラスで尻から四番目の私は、学校の軍事教練では騎兵銃の組であったから、竹刀《しない》もまたひとより二寸も短いものであったが、私はこの人並より二寸も短い一本の竹刀に、私の全精力を託した。「敵」は私自身であった。そして私はこの「敵」に挑み、打ち、叩き、払い、突き、刺し、倒すことに異常な興奮と情熱を感じた。

私はいつのまにか剣道部の正選手となり、先鋒から中堅、中堅から副将へと昇格した。

私の綽名《あだな》は蟹江才蔵となった。蟹江才蔵は短軀、精悍、そのガムシャラな数々の武勇譚によって、少年の日のわれわれの間に人気のあったあのなつかしい立川文庫の中の英雄の一人である。いかにもこの蟹江才蔵は学校の内外の対抗試合において、ほとんど敗北ということを知らなかった。そしてついに彼は、市の最高の有段者である剣道五段の巡査部長と三度闘って三度これを斬って捨て、さらに市内の劇場の舞台を道場として行われた全市の剣道大会においては、十六人の相手を連続撫切りにして優勝し、豪華な大理石の置時計をもらうまでになったのである。

だが、この蟹江才蔵はほとんどいつの場合でも彼自身の勝利を心からよろこぶことはできなかった。闘いが終って相手に一礼するとき、彼はいつも一種の悔恨に似た感情を味わわねばならなかった。なぜといって、彼は彼自身の内部に包みかくしたあの「敗者の思想」によって、つねに敗者の味方でなければならなかったからである。

そのくせ、私は私自身の敗北にたいしては灼くような屈辱を感じた。前記の剣道五段の巡査部長との練習試合のとき、私は道場の床板にもんどりうって撥ねとばされ、仰向けに倒れた軀の上から連続三本の強烈な突きをくらってあやうく絶息しかかったことがある。その日学校から帰ると、私は魚釣りの道具を売る店へ行って、錘《おも》り用の大きな鉛を何個か買いもとめ、それを油紙に包んで竹刀の先につめた。次の週の稽古のとき、私はその重い鉛をつめた竹刀をもって、徹底的に巡査部長の面《めん》をねらって飛びこんだ。その中の一本がしたたか彼の脳天を打ち据えたとき、彼の口からめったに発せられたことのない「参った！」という声が大きく飛び出した。私は静かに一礼して彼の前から引きさがった。

また毎年夏、札幌で行われる全道中等学校の剣道大会で、先鋒として出た私は相手校の選手から小手を一本取られた。それは明らかに審判員の誤審だった。げんにその証拠に、私のいま叩かれた右腕の上膊部には太いみみず腫れができて、そこから赤い血がにじんでいた。私はその裸の片腕を審判員の眼の前に突きつけたまま、「ちがう、ちがう、ちがう」と何度も大声で叫びつづけた。審判員は誤審を認めなかった。私はかぶった面の中で熱い涙をこぼしながら、敵の前に頭をさげなければならなかった。

が、ある時、ふいに私は考えた。

（おれという人間は、ひとと勝負をするとき、勝てば相手にすまないと思い、負ければ人一倍くやしいと思う人間であるらしい。とすれば、こういう人間は勝負という世界には不調和な、そして不適当な人間なのではあるまいか？）

やがて私は剣道の練習を怠けはじめた。勝つ試合よりも負ける試合の方が多くなってきた。負けても以前のような屈辱は感じなかった。気がついたとき、私の剣道部における位置は副将から三将にずり下っていた。そしてこのことにも私はほとんど屈辱は感じなかった。

しかし田舎の一中学生の稚《おさな》い頭脳は、この世に生きるということ自体がすでに一つのきびしい勝負の世界であることまでには考え及ばなかった。彼の考える世界はもうすこしまるくゆるやかにふくらんでいた。そして彼の幻想のなかで、地球はいつも一つの巨大な軽気球のようにふんわりと空中に浮かんでいるものだった。

この軽気球に一つ目の穴があいたとき、彼は最初の自殺を試みた。二つ目の穴があいたとき、彼は二度目の自殺を試みた。そうして彼が気がついたとき、空中に高くゆったりと浮かんでいるはずの軽気球はいつのまにか空気を抜かれて、その醜い残骸を地べたにさらしていた。

(気球よ、おれの気球よ、穴だらけの気球よ、地べたに落ちた気球よ……)

「あら、どうしたの? そんなヘンな声を出して……」

とっくに食事を終え、老母といっしょにテレビに夢中になっている妻が、ふいに声をかける。

「ああ、だいぶ酔ったようだ」

私は現実に呼びもどされる。

「そこへ横になったら?」と老母がいう。

「じゃ、ひとやすみさせて頂きましょうか」

そういって、私は掘り炬燵のなかへ二本の脚を突っこみ、座蒲団を枕にして、そこへごろりと横になる。快適な眠気が私にやってくる。老母と妻はさっそくまたテレビへもどる。

天下泰平である。これがたぶん「幸福」というものなんだろう。

○

午後十時、老母の手によって茶の間のテレビのスイッチがパチリと切られる。老母の寝る時間である。われわれ夫婦は二階へ退散しなければならない。私は仕事場へ、妻は隣の寝室へ。

夜具をのべながら、妻が声をかけてくる。

「あなた、今夜、お仕事?」

「ああ、仕事だ」

すこし強いアクセントで私は答える。

「つまンないの」

これには答えない。

「明治は遠くなりにけり」と妻がいう。

これにも私は答えない。これは妻のいざないの文句である。というより、不満の声である。

妻は三十二歳である。

妻は蒲団のなかへもぐりこんだらしい。そこからまた声がかかってくる。

「あのこと、なーシ」

「ああ、ナシだ」

またすこし強いアクセントで、私は答える。

あのことというのは——いや、要するに、あとになってから自分の寝床の中へモゾモゾ入りこんでこないでくれという、危険予防の信号である。

まもなくまた妻の声がかかる。こんどはひとり言である。

「寝るより楽はなかりけり。寝るより楽はなかりけり」

これは妻が独り寝の夜の心理転換を試みるときのおまじないである。私は耳をすます。と、ものの二分も経たぬうちに、うすい襖一枚をへだてた隣の部屋から妻の健康な寝息（というよりも、いびき）がきこえはじめる。この妻はすこし鼻がわるい。

私は自由になる。いや、自由になったと感ずる。が、果してこれが「自由」というものだろうか。私の自由は単なる逃避であり、責任回避にすぎぬのではないか。私は怯惰《きようだ》な弱者を自分に感ずる。

「明治は遠くなりにけり」

この言葉がいつごろ妻の口から出るようになったか、私は知らない。おそらく妻はこの俳句の一節から単純に「遠い」という感覚だけを抽出して使っているのだろう。しかしこの「遠い」という感覚が何を意味するか、私は知っている。

あるとき、私は根をつめた仕事から、かなりながく妻との間を絶っていたことがある。夜半、妻が寝室から起き出して、階下の厠《かわや》へおりて行った。そこから上ってきた妻がふいに私の仕事部屋へ入ってきた。そして私の仕事机のそばに中腰にしゃがむと、

「遠い他人みたい」

ひと言いい捨てて、すーっと寝室にもどって行った。

またあるとき、同じように私の机の横にしゃがむと、

「おい、明治!」

いきなりいって、またすーっと寝室に入って行ったことがある。無視された妻の精一杯の抗議であり、精いっぱいの皮肉であった。私はそのいずれにも一言も答えなかった。

「きみ、子供をつくれよ」

何人か集まった酒の座で、古い仲間の一人が私にいった。

「きみのところは子供がないから、細君のエネルギーが全部きみひとりに集中するんだ。おれのところなんか、二ヵ月ぐらい放っておいても平気だぜ。子供の世話でヘトヘトなんだ」

「しかし、矢田のところは細君が若いから、その方はたいへんだろう?」

「なに、われわれの仲間では矢田がいちばん強そうだ。子供ができないのは、過ぎるからじゃないのか」

「おうらやましい」

仲間に酒の肴にされながら、私の遠い記憶のなかに或る一つの情景がうかび上る。

中学生の私は一つちがいの兄と、二つちがいの弟と、五つちがいの妹と、きょうだい四人で夕食のテーブルを囲んでいた。私の顔は満面のニキビだった。

小学生の妹が無邪気な質問を母に発した。

「一郎兄さんも三郎兄ちゃんもニキビなんか一つもできていないのに、どうして二郎兄ちゃんだけそんなにたくさんあるの？」

母はニコリともせずに答えた。

「二郎はとくべつ精が強いんだよ」

この母の言葉は私を打ちのめした。それは「四人の子供のなかで、お前がいちばん穢《きたな》らしい子供なんだよ」といっていたからである。私はこの母の前に顔があげられなかった。母は私のあの秘密な夜の行為をすでに知っているのだ。

（精の強い子供？）

とすれば、小学生時代、私だけに加えられたあの祖母の意地のわるい「お仕置き」も、ほんとうはこの母の命令だったのだ。

夜、小学生の男の子三人だけが別室の八畳間に寝る。川の字に並んで寝床にもぐりこんだところで、祖母が私の枕元にすわっていう。

「二郎、手をお出し」

差し出された私の二本の手が、三尺帯でぐるぐる巻きにきつく縛り上げられる。

「二郎、この手はけっして蒲団の中へ入れちゃいけないよ。もし入れたら、その手にうんと熱いお灸をすえてやるから」

そういい残して、祖母は部屋を出て行く。縛られて蒲団の襟の外へぶざまに投げ出された私の二本の手を、兄と弟とが両側から黙ってニヤニヤと眺めている。

私はこの祖母を憎んだ。この憎しみの感情は祖母の死にいたるまで消えなかった。

「精の強い子供!」

中学生の私は、精が「性」であることを知っていた。そして「性」は私にとって、この祖母の屈辱的なお仕置きと母の冷たく不機嫌な一言によって、暗く醜い罪あるものとなった。やがて思春期の後期に入った私は、この黒い欲望と全力をあげて闘わねばならなくなった。私は毎夜一本の錐を寝床に忍ばせて寝た。熱く蒸された蒲団の中でその黒い欲望がめらめらと赤い炎をあげて燃えはじめると、私は有無をいわさずその錐をもって私の太腿を刺した。が、その赤い炎は錐のひと突きやふた突きでは到底消えるものではなかった。それどころかその錐の痛みがかえって黒い欲望に火の手を加え、やがて私の全身はその赤い炎の中に呑みつくされてしまう。翌朝、みじめな敗北者として眼をさます私の顔は、まるで犯罪者のそれであった。

後年、私はトルストイやジイドの自叙伝を読み、彼等もまたいかに「精の強い子供」であったかを知って、共犯者的な微笑を禁じ得なかったが、しかしその時はもう私の黒い欲望は往年の火勢を失って、一つの平衡期に入ったころであった。

だが、「性」を罪あるものとする私の固定観念はその後も根づよく私の内部に残り、そして永く私を支配することになった。私は最初の妻の裸身をついに一度も見ることなく終った。私をこの呪縛から解放してくれたのは、大陸で知ったひとりの異国の娼婦である。この巨大な白熊のようなロシヤ女は、私に性が一種の快適なスポーツであり、肉の祝福であり、生の讃歌であることをはじめて教えてくれた。彼女は性の知識や技巧にまったく無智で不器用な一人の日本青年を「可愛い子《マーリンキ》」と呼んで、その肉の教育に異様な情熱をしめした。

が、あるとき私は、この肉の教育の最中、この巨大な白熊の肉体の上でふいにゲラゲラと笑い出してしまったことがある。教師の要求するポーズがあまりに喜劇的で、しかも奇想天外なものに感じられたからである。

「何《チトー》?」

とたんに、異国の女の眼がするどい鷲の眼にかわった。それは突き刺すような憎しみの色をもって私を見つめていた。私は女のこのあまりに急激な変化の意味を知らなかった。私はあいまいなうす笑いをうかべたまま、黙って女の顔を見おろしていた。

「何《チトー》?」

突然、女の白い二本の腕がまっすぐに伸びて、私のあごは下から思いきって突き上げられた。はずみをくらって、私の裸の軀はベッドの外へころげ落ちた。とたんに私は、女がなぜ急に怒り出したか、その意味をやっと理解することができたのである。それが肉のスポーツである以上、私は私の全精力をもってそれに挑み、それに集中し、それに奉仕すべき義務があったのだ。

「お帰り《ウハジー》!」と女はいった。

この巨大な白熊に「可愛い子《マーリンキ》」と呼ばれる私は、文字通り勉強を怠けた子供が母親に叱られたように、スゴスゴとこの肉の教室から退散しなければならなかった。

「ぼくはネ、このごろどういうわけか、女房のあそこを見ると、掌を合わせて拝みたいような気持になるんだよ」

別のある酒の席で、同業の仲間の一人がいった。彼は私より三つ年上の先輩だった。

「南無、観世音菩薩か」と別の一人がいった。

「そりゃ、危険だな」と別の一人がいった。

「なぜ？」

「だって、それは〝末期《まつご》の眼〟じゃないか。そういうものが妙に荘厳に見えてくるッてのは……あぶないぜ、きみ」

「いまのところはまァ〝諸悪の根源〟ぐらいに見えていればちょうどいいんじゃないのか？」

一座はそれで笑いになった。

が、細君のものに合掌したくなったといった三つ年上の先輩は、それから数ヵ月後に急死した。心臓麻痺であった。彼の死を予言したあのときの同業者の一人は、その告別式の日、神妙な顔つきで未亡人に悔みの言葉をのべていた。

（性が荘厳なものに見えてくるというのは、やはり生命力の衰えだろうか。それなら、あのコニー夫人のものの上に忘れな草を飾った森番メラーズの場合はどうだろう。いや、あのとき作者はすでに不能であったということだが……とすれば？）

しかし私はこの親しかった先輩の死をひそかに祝福した。なぜといって、彼は彼の合掌しようとする尊厳な仏が、おそらく醜悪な虚無の空洞と化するのを見る前に死んだのだから。

○

また一つ、新しい死の知らせが私のもとにとどいた。

われわれの最も古い仲間の一人である室田守夫の死である。行年五十歳。彼と私は同年同月の生れである。しかも彼は妻をもたず、子をもたず、家をもたず、五十年の生涯を完全に単独者として終えた。簡潔無比の死であった。

が、その死際は悲惨をきわめた。彼はアパートの一室で持病の心臓ぜんそくの発作に見舞われた。しかし単独者である彼には、直ちに手を下して彼を看護する人間はそばに一人もいない。しかもアパートの住人は彼ひとりを除いて全部が勤め人であったから、そのときアパートは空だった。彼の苦痛の声がアパートの管理人の耳にとらえられたのは、発作がはじまってから数十分後である。さいわい彼の身内の医者が勤めている病院が近くにあった。彼はそこへかつぎこまれた。急をきいて、彼と最も親しかった数人の友人が病院へ駈けつけた。そのとき彼の発作はまだ断続していた。その断《き》れ目のわずかの時間、彼はふいに眼をひらいて、まわりの人間の顔を不思議そうに見まわしながらいった。

「おい、どうした、何かあったのか、おれが何かしたのか？」

それはわりあい意識のはっきりした声だった。しかし本格的な苦痛はそれからやってきた。それは眼もあてられぬ断末魔の苦悶だった。彼ののど笛は破れたふいごのように鳴りつづけ、手は狂気のように虚空を掻きむしった。彼はその地獄的な苦痛とほとんど三十時間にわたって闘いつづけ、ついに敗れた。

彼の通夜は、彼の兄の家において行われた。上州のある古い由緒をもった温泉旅館の五男として生れた彼は、青年時代のほんの短い期間ある文芸雑誌の記者としての勤めを持ったほかは、生涯職業と名づくべきものを持つことなくほぼ完全な親がかりの寄食者として、終った人間であった。その通夜の席に集まったのは、彼のかつての古い学校仲間と、そして現在彼の属するある同人雑誌の若い仲間ばかりであった。

単独者として死んだ彼の通夜はカラリとしていた。そこには湿り気というものがまったくなかった。清潔すぎ、淡泊すぎて、むしろ不満なくらい情緒というものがなかった。通夜の客はただ単純に彼の生前の思い出だけを語り合い、そして単純に彼の早い死だけを惜しめばよかった。

火葬場の都合とかいうことで、彼の遺骸は一夜を明かすことなく早くも出棺されることになった。棺の蓋がひらかれた。皮肉屋で気取り屋でお洒落で自信家であった室田守夫の顔が、ひとまわり小さくなった感じでそこにあった。その死顔には、あの三十時間におよぶ断末魔の苦悶の痕はきれいに掻き消えていた。白菊の花が一輪ずつその顔のまわりに埋められた。生前の彼はとくに白い色の花を愛した。白菊の花弁に縁取られた彼の死顔は一段と美しく映えた。

「室田はやはり美男子だったんだな」とだれかがいった。

「左《ひだり》友右衛門か」と別のだれかがいった。

かすかな笑い声が棺の周囲に生れた。

数年前、仲間といっしょに京都へ旅行したとき、宮川町の女にあなたの左の横顔は「歌舞伎役者の大谷友右衛門によう似てはる」といわれてから、その綽名ができた。以後、彼は女の前ではいつも意識的に左の横顔だけを見せつけることに努めた。

そのとき彼の兄がわれわれの仲間にいった。

「もし生前の守夫に好きな女性でもいたのだったら、ヤボはいわぬから、ここで教えてはくれまいか。せめて守夫の死顔にでもゆっくり別れを告げさせてやりたいが……このままじゃ、あんまり守夫がさびしすぎる……可哀そうすぎる……」

仲間はだれも答えなかった。それに答えるべき材料をわれわれは持っていなかった。室田守夫はその五十年の生涯において、自分の死顔に最後の別れを告げさせるべき一人の女性すらこの世に残さなかったのだ。いよいよもって彼は完璧な単独者だった。

やがて花に埋まった彼の顔の上に蓋がかぶせられ、釘が打ちつけられ、白布が被せられ、そうして迎えにきた黒い霊柩車にのせられて、あッという間に夜の街へ走り去ってしまった。

「いさぎよい死に方だったな」

帰りの道を歩きながら、だれかがいった。

「なんだい、こりゃ……」と別のだれかがいった。「あんまりあッけなさすぎるじゃないか。室田守夫はほんとに死んじゃったのかい？」

「おい、みんな、飲みに行こう」とまた別のだれかがいった。


燈の明るい街の盛り場の飲み屋の一隅で――。

「とうとうおれたちのところへも来ちゃったな」

「いちばんノンキで、いちばん自由で、いちばん長生きしそうだった奴が、いちばん先に死んじゃった」

「あれは緩慢な自殺だったんじゃないか。奴の身内には立派な医者が五人もいるのに、一度も軀を診せなかったんだよ。奴は生きようとする意志を放擲《ほうてき》してた」

「おれは死なんぞ。意地でも死んでやらんぞ。娘が三人いる。いちばん下のやつはまだ四つだ」

「おれは孫ができたよ。嫁に行った娘がきのう子供を産んだ」

「それじゃきみはもう人生は卒業だな。かと思えば、室田のような卒業の仕方もある」

「奴はあんまり身軽すぎた。生きるためにはやはり錘が必要らしい。人生のお荷物がね」

「女房や子供に感謝しなきゃいかんというわけか」

「ところで、室田には一人も女がいなかったのか？　まさか不能だったんじゃあるまい」

「いや、いつか一度おれにいったことがある。〝おれは片羽の折れたような女が好きだ〟ってね」

「片羽の折れたような女？　そりゃ、どういうんだい？」

「どういうのかおれは知らんよ。しかし、なにか感じはあることはあるな」

「室田守夫という男は、劣等感というものを先天的に欠如した人間だったよ。だから奴は、生れてから死ぬまで孤独感なんてものを一度も味わわずにすんだのじゃないか。傲慢といえばあれほど傲慢な人間はなかった」

「ところで、奴の生涯を支えたものは何だったろう？　やはり、文学というやつだったのか？」

「文学への妄執さ、われわれと同じくね。奴もまた〝ろまんの残党〟の一人だったのさ」

「しかし、奴が学生時代に書いた〝裏路〟という小説、あれは名作だったな。おれは絶望を感じたものだよ。が、才能があまりに早くひらきすぎた。もし室田守夫が二十代に死んでいれば、奴はわれわれの仲間の天才だった」

「とすれば、室田守夫の悲劇は、彼が二十歳で死なずに五十歳で死んだということか」

「おい、おい、そんなノンキなことをいってていいのか？　室田は五十歳で死んだが、五十歳で生きているおれたちはどうなるんだい？　え、このおれたちは？　これは悲劇かい、それとも喜劇かい？」

「そうだな、五十面さげて女房や子供に人並な暮らしもさせてやれねぇで、そのくせ深夜ガバと撥ね起きては、はて、このオレには果して才能があるのか、ないのか？　シカツメらしく腕を組んでな」

「よせ！　酒がまずくなる」

「いい言葉があったなァ……私は宗教によってよりも芸術への思慕そのものによって救われたい」

「嘉村礒多《かむらいそた》か」

「常に不遇でありたい。そして常に開運の願いを持ちたい」

「上林暁《かんばやしあかつき》か」

「無芸無才、ただこの一筋につながる……」

「ダマされたのかなァ、おれたちは……」

「もう、おそいよ」

「どうやら結論が出たようだな。さ、帰ろうか」

「帰ろう」

店の外で、

「やァ、失敬」

「やァ、失敬」

「やァ、失敬」

ひとりひとりが木の葉のように散って行く。

十年前、このわれわれの仲間は、二次会、三次会、四次会と際限もなくぞろぞろとつながって歩いたものだが……。あの頃はおたがいに話すことがまだたくさんあったのだ。が、いまはもうみな一刻も早くそれぞれの家庭へ帰りをいそぐ善良な人間になってしまったようだ。まるでめん鳥やひな鳥が口をあけて待っている自分の巣へ一散に飛んで帰るおん鳥のように。いや、それだけがこの世に残された唯一の安息所であるかのように。

○

私は有楽町の駅でおりる。切符は横浜までであった。私はある小さな酒場の扉を押す。さいわい私の席はあいている。入口の扉に近いいちばん端ッこの止まり木である。私はそこへ鳥のように止まる。

「おや、今夜はバカにおそいですな」

カウンターの向うから、バーテンの城田が声をかける。

「お通夜の帰りだよ」と私は答える。

「お通夜？　そりゃいけない」

「いらっしゃい」

順子がものうい声で寄ってきて、ものうい仕種で私の横の止まり木に腰をおろす。それでもうこの小さな酒場の九つ並んだ止まり木は満員である。二つしかないボックスもふさがっている。

「はい、これ、順子ちゃん」といって、バーテンの城田が小皿にのせたひとつまみの塩をカウンターの上に置く。「それを矢田さんに振りかけておやりよ」

「あら、どうして？」

「お通夜の帰りなんだってさ」

「かけます？」と順子がいう。

「いいよ」と私が答える。

飲み物がくる。

「亡くなったのはどういう方？」

「学生時代からの古い友人なんだ。ぼくと同年同月生れでね。向うがこっちより十日ほど早かったかな……しかも死ぬまで独身でね。妻をもたず、子をもたず、家をもたず、職業をもたず……」

「それじゃ、まるで仙人みたい」

「そうだ、カスミを喰らって生きていたような男だ」

「でも、そういう死に方はさびしいわ。奥さんも子供さんも持たずに死ぬなんて」

「そうかな、やっぱりそうかな」

「だって、人間ですもの」

「なるほど、人間か……妻をもち、子をもち、家をもち、職業をもち……ところで、〝片羽の折れたような女〟というのはどういうんだろう？」

「片羽の折れたような女？　それ、どういうこと？」

「それをきみにきいてるんだよ」

順子はなにか考えるような眼の色になりながら、

「それ、あたしみたいな女じゃないかしら？」

あ、と私は思う。それからいきなり女の方へ顔をねじむけて、そこにじッくりと眼を当てる。まるで意外なものをそこに発見したかのように。

「ま、いやァね」

順子はいかにもいやそうな身振りで、尻の下の止まり木をギイと半回転させる。

（が、この女は果して〝片羽の折れたような女〟だろうか？）

ふいに私はある想念のなかに落ちてしまう。これは私の悪癖の一つである。私の頭脳が何か一つの思考作用をはじめると、私自身はそれを論理的に追いかけているつもりでいながら、事実はいつのまにかそこから脱落して、勝手な空想の世界へすぽりと落ちてしまっているのだ。そして空想の世界へ入ってしまえば、あとはもう好き勝手なイメージを好き勝手につなぎ合わせて行くだけのことで、自分がいったい何を考えようとしたのか、そのいちばん最初のとッかかりを、いつのまにかきれいに忘れ去ってしまっているのだ。だが、これは空想癖などというものではないだろう。これは「弱い頭脳」というべきものだろう。

あるとき、私は自分の仕事場で親しい友人と酒を飲みながら愉快に対談している最中、ふいに相手にひらき直られたことがある。

「おい、きみ、きみはおれのいうことをちっとも聴いていないな。さっきからうンうンと返事ばかりしてるけど、ほんとうは何も聴いてやしないじゃないか。おれをほッぽり出して勝手なことばかり考えている」

「すまん」

私は素直にわびた。実際、その友人のいう通りだったからである。私は友人の口から出たある一つの言葉につよい興味を感ずると、たちまちその言葉一つにとらわれてしまい、それを一生けんめい考えようと努めているつもりでいながら、いつのまにかまた例の悪癖に落ちてしまっていたらしい。

「相手がこのおれだからまァいいが、しかし人によっては、ひどく傲慢な感じのものだぜ」

「すまん」

私はもう一度あやまった。

だがこの友人のせっかくの忠言にもかかわらず、私のこの悪癖はちかごろますますひんぱんになってきたようである。

家で家族の者といっしょに食事をしている最中、ふいに妻の手でぽんと膝を叩かれる。

「またはじまったのね。お食事のときはお食事のことだけ考えていなきゃダメ！」

そばから老母が口を添える。

「ほんとにそうだよ。二郎の食べるのをみてると、食べてるんだか食べてないんだかまるでうわの空で、あたしまでがなんにも食べたくなくなってしまうよ」

むろん私は、自分をひとりの天才的な空想家に仕立て上げるつもりでこんなことを書くのではない。それどころか、私の頭脳はどうやらボケてきたのではないか。

私がこの小さな酒場に通うのは、これでもう四年越しになる。この酒場のもつ雰囲気がとくべつ好きだというのではない。もともと私はバーなどというところにあまり縁のない人間だ。自分の金で飲む酒ならば、そこらの居酒屋でけっこうという方である。そんな私がこの小さな酒場に四年越しも通っているのは、むろんそこに一人の女がいるからだ。私はその順子という女を愛して——いや、惚れていると思っている。思いこんでいる。思いこむ——これがまた私の悪癖の一つだ。なぜといって、私はただ自分でそう思いこんでいるだけのことだからだ。その証拠に、私は四年越しこの女のところへ通いながら、女の躰について知っているのはその片方の掌《てのひら》とそれから五本の指の触感だけである。この酒場へきて帰りぎわにドアの外で別れの握手をする。それだけのことだ。が、私はそのとき女の手を握りながら、腹の中で自分にいってきかせる。

(なるほど、おれは、つまり、この女に惚れているんだな)

いかにも、私はただこの女と別れぎわの握手をするためにだけこの酒場へ通っているようだ。いや、この女の手を握ることで、女にたいする私自身の感情を確認するためだけのように。だが、これが「惚れた」ということなのか？

私をはじめてこの銀座裏の小さな酒場につれてきてくれたのは、私の家のすぐ近くに住む知り合いの画家である。

「裸をぜひ描いてみたいと思う女が一人ここにいるんだ」

そういってNはその酒場の厚い木の扉を押した。

それが順子だった。眼の大きな女だな、と私は思った。躰はとくべつ大柄というのではないが、胸と腰のあたりにへんになま暖かい肉感がある。いかにも絵描き好みの女だ、と私はまた思った。

酒にあまり強くない二人は、水割りのウイスキーを三杯ほど飲んだところで早くも酔いが出た。と、ふいに画家は女の片手をつかむと、それをカウンターの上に据えつけて、そこへ烈しく唇を押しつけた。が、女はその手を引かなかった。唇を押しつけられた手をそこに預け放しにしたまま、何か別のことを考えているようなもの憂い眼つきでぼんやり男の頭を見おろしている。それからふいに私の方を見て、にやりとわらった。私の方もニヤリと笑い返した。帰りの勘定のとき、画家は上衣のポケットから一冊の小切手帳を取り出すと、それにさらさらと数字を書いて女に渡した。横浜のかなり大きな貿易商の二男坊で、絵を売らなくても暮らしに困らぬ男だ。その酒場を出て、すこし歩いたところで彼はいった。

「二ヵ月がかりでくどいてるンだけど、あの子、どうしても落ちないんだよ」

この男にとって、ある女をモデルにして裸を描くということは、同時にその女の躰をモノにすることだった。それを、私はこの男自身の口から幾度もきかされてよく知っている。

その後も私は何度かこの酒場へやってきた。むろん画家といっしょであり、勘定もむろん彼のものだ。そしてここへくるたびに画家は女の手をカウンターの上に据えつけ、それに唇を押しつけた。そのつど私は黙ってニヤニヤとそれを見物していた。

が、それが何度目の頃からか、私は笑ってそれを眺めることができなくなった自分に気がついた。それが妙に息苦しい感じで私を圧迫してくるようになったのだ。眼の前でそれがはじまる。と、私の顔はそれから逃げるようにふいとそッぽを向いてしまう。それは無意識に、反射的に、そうなるのだ。やがてその息苦しいという感情は、かすかな苦痛と不快の感情に変りはじめた。そして気がついたとき、私は自分の眼の前で女の手にしつこく唇を押しつけている画家を露骨に憎悪の眼をもって眺めていた。

私は画家といっしょにくることをやめた。その代り、私は自分一人でこの酒場へ通うようになったのである。当の画家はいつのまにかどこかへ河岸《かし》を変えていた。

年の瀬も迫ったある夜遅く、私は例によってこの酒場のいちばん端ッこの止まり木にとまっていた。もう看板の時間が近いせいか、店のなかには疲労した空気が重く沈澱していた。客の話し声も妙にひッそりと力のないものに変っている。クリスマスの馬鹿騒ぎも二日前にすんだのだ。

その疲れた空気のなかで、順子がぼそりとひとりごとのようにいった。

「ああ、いやだなァ……」

「何が？」と私はいった。

「だって、もう年が明けるとあたしは二十六にもなるんですの」

「あ……」

小さな叫び声が思わず私の口からもれた。

私のおどろいたのは、しかし女の年齢ではない。女の年齢を耳にしたことから、私がこの店に通い出していつのまにかもう三年も経ったことに私はおどろいたのだ。はじめてこの酒場につれてこられたとき、私は順子と画家のなにげない会話から、女の年齢が二十三歳であり、その郷里が日本海に臨んだ北陸のあるさびしい港町だということを、あとあとまでも変にしつこく記憶していたが、その順子が来年二十六歳になるとすれば、私がここへ通い出してから早くも三年経ったことになる。しかしそれは私にとっては、「早くも」という感じではなく、やはり「いつのまにか」という感じだった。すくなくとも、この順子という女に関するかぎり、私の時間はおそろしくゆっくりと流れていたのだ。

が、女のなにげなく洩らした一言から、私はふいに或る狼狽を感じた。と、たちまちそれは屈辱と怨恨の感情に変った。同時に鋭い羞恥を感じた。

なんということだ、私はこの三年間、ただ別れぎわの女の手の触感を確めるためにだけこの酒場に通っていたのだ。

それは怯惰であり、無能であり、衰弱であり、同時になにやらひどくぶざまで、滑稽な感じのものだった。

その夜、私は女を車にのせて、女のアパートまで送った。そういう世界に住む女を家まで送りとどけるということは、私にとってははじめての経験だった。女のアパートは山手環状線の或る駅から近い賑やかな花街の裏通りにあった。

車からおりた順子は、ふいに思いがけない言葉を私にいった。

「とても穢くしてますけど、お茶でも召し上っていらっしゃいません？」

反射的に私は答えた。

「いや、帰るよ」

あ、と思ったときはもう遅かった。

「それじゃ、おやすみなさい」と順子はいった。

「おやすみ」と私は答えた。

走り出した車のなかで、運転手がいった。

「旦那、どちらへ」

「横浜までやってくれ」

私は不機嫌な声で答えた。

年が明けてまもなく、私はふたたび女を送った。そして女が車の扉をあけ、片脚をステップにかけたところで、すかさず私はいった。

「お茶を一杯ごちそうになって行こうかな」

すると順子は答えた。

「今夜はダメなんですの。妹がくにから来てるんです。またこの次にね……それじゃ、おやすみなさい」

「ああ、おやすみ」と私は答えた。

車のなかで運転手がいった。

「旦那、どちらへ？」

「どこでもいい、この近くできみの知ってる旅館へやってくれ」

答えながら、私は自分の顔が醜くゆがむのを感じた。

翌朝、私の眼をさましたのは、上野の駅に近いある薄穢い安宿の二階の一室だった。私は苦笑をもらした。と、それはたちまち私自身にたいする憤怒に変った。そして、それ以後私は女を送って行こうとは二度と口にしなかった。

それからしばらく間を置いて、私がその酒場に行ったとき、順子の姿は見えなかった。止まり木にとまった私の顔は露骨に落胆していた。するとバーテンの城田が、その私の耳元へ顔をよせてささやくようにいった。

「半月ほど前から休んでるんです。たぶんここらしいですよ」

そういって、城田はすこし眉をひそめながら自分の胸のあたりを指で差してみせた。

時間はまだ早かった。私は現金なほど素早くその酒場を出ると、すぐに順子のアパートへ車を走らせた。ふだんは方角の観念の病的なほどうとい私だが、古い花街の名が目印になった。そして私がなんとか記憶のあるそのアパートの前におりたとき、それはある瓦屋の店舗を二階だけアパート風に改装した意外に貧弱な建物であることを知った。正面の玄関の横手に別の小さな出入口がつき、何足かの履物が乱雑にぬぎ捨てられたそこから、二階への階段がじかに見えている。私はそこに靴をぬぐと、黙ってその階段を登って行った。果してそこは小さな部屋が片側に四つほど並んだだけのせまい二階だった。ただしどの部屋も入口の戸だけは洋風のドアになって、そこにものものしい感じの大ぶりな錠前がデンとついている。むろん名札などはどこにも下っていなかった。私はそのせまくて短い板廊下を二三度うろうろと往復しなければならなかった。すると、いちばん向う端の部屋のドアがひらき、そこに柄のついたアルミの鍋を片手にした寝巻姿の若い女がのそりと出てきた。

「あ！」と順子はいった。それから素早く姿をかくした。

私は女の部屋に入った。大急ぎでかたづけたらしい寝具のあとに小さな座蒲団が一枚置かれていた。座蒲団はそれ一枚だけだった。

「起きてて大丈夫なのか?」といいながら、私は途中で買ってきた果物の籠と、それからレコードを一枚、順子の前に置いた。それはいつか店のラジオで聴いて、順子が好きだといった曲のレコードだった。

その順子はゆかたの寝巻の上に厚い綿《わた》の入った黒襟のねんねこ袢纏を着、それに細かい紺絣のもんぺをはいていた。化粧は全くない。私の前に一人の雪国女がキチンと行儀を正してすわっていた。さすがに化粧を落したその顔には、雪国女の頬の紅さはなく、青白い色に褪せやつれている。眼だけがまたひとまわり大きくなった感じだ。が、それは夜の酒場でみる女とはガラリ感じがちがっていた。それはある新鮮な感動を私にそそった。

短い見舞い言葉のあとで、私は部屋の内部になにげない視線を向けた。それは私がはじめてみる女の部屋だった。そして私は思った。

(そうだ、おれはこういう部屋とこういう生活をもった一人の女のところへ、四年越し通っていたんだな)

しかし、その部屋は普通のひとり暮らしの女の部屋ととくべつ変ったところはなかった。もし多少でも私に予想外のものがあったとすれば、それは女の部屋が意外に簡素で、そして意外に整頓されているということぐらいのものだった。私は女の職業から、もうすこし華美で乱雑なものを頭に描いてきたのだ。女の潔癖で生活につつましやかからしい性格を暗示すると思われるこの部屋の模様は私をよろこばせた。そして私の視線が最後に部屋の片隅に置かれた小さな本棚の上に行ったとき、そこから突然ある烈しい感情が私を襲うのを感じた。

その何冊かの婦人雑誌と何冊かの小説本の詰まった小さな本棚のいちばん上の棚に、おそらく女が高校時代に使ったものと思われる十数冊の古ぼけた教科書が、いかにも貴重なもののようにきちんと整頓されて、そこにずらりと並んでいたのだ。——それが思いもかけぬ或る烈しい感情を私に呼び起したのだ。

「いや、そんなところを見ちゃ。はずかしい……」

と女のいったのと、私のふいに立ち上ったのはほとんど同時だった。私の立ち上ったいきおいに、女はぎょッとしたふうにもんぺの膝をあとじらせた。その女の顔には、明らかに怖れの表情があった。そして、私の踏み出した一本の脚はそこで運動を停止した。

その代り、私はいった。

「もしよかったら、その本棚のいちばん上にある日本・世界最新地図帳というのをぼくにくれないか。ひまなとき、ぼんやり寝ころがって地図を見てるのが好きなんだ」

「ええ、そんなものでよろしかったら……」

女は安堵した表情にもどりながらいった。そしてふいにニコリと笑うと、

「おビールでも取りましょうか？　電話をかければすぐ届けてくれるわ」といった。

「いや、帰るよ」と私はいった。そして事実、私は女の本棚から抜き出した一冊の古ぼけた教科書を小脇にかかえて立ち上っていた。

「お大事に……」

ひと言いい残して、私は女の部屋を出た。そしてアパートの外へ出ると、ひょっとすればその二階の窓から私の後姿を追いかけているかもしれない女の視線から一刻も早く逃げ去りたいかのように、私は足を早めた。

安全圏内に入ったと思ったとき、にわかに私はどッと重い疲労感から解放される自分を感じた。何か背中に背負った重い物をいきなりどしんと地べたに放り出した感じだった。

(終った!)

と私は思った。これで一切が終ったのだ。私のあの女にたいする怯惰で、無能で、衰弱した関係も。そして、別れぎわの女の掌と五本の指の触感も。それから、なにやらぶざまで滑稽なあの感情の確認も——ともかく、一切が終ったのだ。

私は昂然と面をあげて国電の駅の方へ向って歩き出した。そしてこれから約一時間後、わが家の門をくぐるときも、私のこの昂然たる表情は変らぬだろう、と私は思った。

が、それは終らなかったのだ。それが終らなかった証拠に、現在私はこの酒場にいる。この酒場のいちばん入口に近いいちばん端ッこの止まり木に、私は鳥のように止まっている。まるでここが私の唯一の巣であるかのように。

五十歳の鳥――いや、私のいま考えようとしているのは鳥のことではない。いや、鳥のことだった。

「片羽の落ちたような女」

それを、私はいま一生けんめいに考えようとしているのだ。それはどういう鳥だろう？　どういう女だろう？

たぶん私はもうすこしであの空想の世界に落ちて行くだろう。

私はその時間がやってくるのを、いま静かに待っている……。


〔1962（昭和37）年「新潮」3月号　初出〕

胡桃《くるみ》

玄関先で、黒の短靴に足を突っかけ、ゆるんだ靴ひもをしめ直そうとして、ぷつりと切れた。切れたところをむすぶと立て結びになった。むすんだひもがへんな形によじれて、先が二本ピンとおっ立ってしまう。二度やり直してみたが同じことだ。子供のころ、三尺帯をむすぶのにいつもこれで、そのつど「またお立つにして」と祖母に叱られながらむすび直してもらったものだが、その癖はいまだになおらない。立て結びのまま締め直しにかかると、こんどは別のところがまたぷつりと切れた。それも立て結びになった。そうして締め直した靴ひもも結局また立て結びになった。靴の甲はひと眼につくものだ。その辺りがなんだかひどく不細工な感じになった。

妻がいれば新しい靴ひもを買いにやり、ついでに結んでもらうところだが、きょうは久しぶりに江東の実家へあそびに出かけて留守だ。子供をもたぬ身軽さで、行けばたいてい一晩泊まってくる。

その妻の不在をねらって、私はこれから或るところへ出かけようとしている。

留守役の老母に「夕飯は外で食べてくるから」といい残して、私は家を出た。

上野駅の正面改札口には、さまざまな方向へ行くさまざまな列車の発車時刻が細長い短冊型の木札に書かれて、二十枚ほどずらりと吊り下っていた。しかし私の予定してきた列車は、その木札のなかのどれにも見当らない。二、三度見直してみたが、やはり見つからない。

仕方なく、改札口で忙しげに鋏を動かしている若い駅員に質ねてみた。

「え、十三時五五分発の高崎行？　そんな列車はないですよ」

ひどく不愛想な答が返ってきた。

「おかしいな。たしかに時刻表からメモしてきたはずなんだが……」

「その時刻表、古いんじゃないですか？」

「いや、たしか今年の春ごろ買ったやつだが……」

「ああ、それじゃもう古いですよ」ニベもなくいってから「これから出る高崎行は十四時十二分、ホームは十五番線、列車はもう入ってます」

私はあわてて切符に鋏を入れてもらうと、その十五番線ホームをめがけて駈け出した。いちばん手近の車室《はこ》へとびこむ。が、車内はガラガラに空いていた。近距離の各駅停りの列車で、しかも発車までにはまだ三十分近くもあるのだった。ホームに降りて、ウイスキーのポケット瓶とピーナッツ一袋と週刊誌を一冊買う。それから四人掛けのボックスをひとり占めにして、ゆっくりとポケット瓶の口をあけにかかる。妙な笑いが自然に口元にこみあげてきた。

出がけに切れた靴のひも。役立たずの時刻表。意味ありげといえば意味ありげだ。

私はこれから「女」に会いに行こうとしている。いや、正確にいえば、女が病後の静養をしているというその父親の家を探しに行こうとしている。

私のこのひそかな企らみに早くもケチがついた、ということになるのか。

私は小さな瓶の蓋に注いだ液体をちびちびと咽喉の奥へ流しこんだ。

列車は、いま鉛色の空に低く圧さえつけられた関東平野の枯れ色の風景のなかを走っている……。

順子がその酒場リオンヌのカウンターに姿を見せなくなってから、もうふた月以上になる。深酒と過労から肝臓を腫らして倒れたのだ。銀座の酒場づとめを何年かして、都心をはずれた場所ながら、ともかくも山手線の或る駅からさほど遠くない、ちょっとした盛り場の端に独立の店をもつようになってから、すでに三年以上になる。そろそろ躰のどこかに故障が出てきてもおかしくない時期でもあった。それに傍目には派手にみえても、水商売の経営者ともなれば神経の消耗もとくべつのものがあるにちがいない。

「こんなお店、なぜ持ったのかしら？」と順子はときどきいった。

「こんなはずじゃなかったのに……」ともいった。

「ただもう眠ることだけが愉しみ……」ともいった。

しかしそういう愚痴めいた台詞《せりふ》を吐きながら、店にいるときの順子は水商売が地肌に染みこんだような生き生きした活気をみせた。場所柄、フリの客というもののめったに入ってこない、いわば地元の客だけが相手の酒場だが、客同士の同族的な狎《な》れ合いがかえって気易い雰囲気をよぶのか、店はけっこう盛《さか》っているようだった。むろん本場の銀座できたえた若いマダムの手馴れた客あしらいも、この酒場の大きな魅力であるにはちがいなかった。ここに店を持ってから三年と経たぬうちに、順子は店の裏手の古家を買い取り、それをつぶして新しい二階建てのアパートを建てた。このアパートの一室に、順子の妹の圭子が住んでいる。この圭子も姉の酒場でいっしょに働らいていた。「でも姉は別にマンションを借りて住んでいるのよ」と、いつか圭子がふと口をすべらせたことがある。順子はまだ三十歳にはなっていないはずだった。

(それにしても、あの怠惰な眠り猫が……)と私は思う。

何年か前、女がまだ銀座の酒場づとめをしていたとき、ほかに客の姿のないカウンターの片隅で、バーテンの城田にズケズケと意地のわるい小言を食らっているところを目撃したことがある。この城田はふだんは陽気で冗談好きな気さくな男だが、何かよほど腹に据えかねることがあったらしい。

「お前さん、この店でやる気があるのかないのか、どっちだい? お前さんみたいなのを怠け猫っていうんだ。こっちがいちいち指図しなきゃテコでも動かない。おまけにいつも半分眠ったような顔をしている。怠け猫でなくて、眠り猫だ。おい、聞いているのかい?」

なるほど、眠り猫か、とそのとき私は思った。たしかに眠り猫といわれても仕方のない妙にダルなものを躰の周りに持っている女だった。その怠惰で、重たるくて、いつも何かに放心しているような感じが、当時の私には女の魅力だったのだが……。

女はまもなく酒場Rをやめて、同じ銀座のドミノへ移った。庶民的な感じのRに比べてドミノは社用族の集る気取った店だった。「大きな鉄鋼会社や鉱山会社の重役さんと組合の幹部といった人たちが、この店のお顧客《とくい》さんなのよ」と女は教えてくれた。ドミノは私などのような人間のくる店ではなかった。まもなく私はドミノへ通うことをやめた。その代り、女と会いたいと思うときは、ドミノの階下にあるアザミという喫茶店で女を待つことにした。「お店のはじまる七時すこし前なら、たいていあたしはそこでお茶を喫んでいますわ」と女の方から先にいってくれたからだ。その喫茶店で私の費う金はたった二杯分のコーヒー代だけでよかった。おれは女に憐れがられている、と私は思った。それは私にとっては屈辱でないことはなかった。が、それ以上に、そんな喫茶店の片隅で安上りのコーヒー代で済ませながら、まるで女の情夫ででもあるかのようにヤニさがっている自分が可笑しかった。三枚目の役者がいきなり二枚目の役を振られているような可笑しさだった。が、私にそんな役を振ってくれるのは、この順子という女以外にはなかった。

　順子は一年半ほどでドミノをやめ、新しい酒場リオンヌを開いた。それから三年になる。あの〝怠惰な眠り猫〟が、いまは自分の店を持ち、自分のアパートを持ち、そしてマンションとやらに自分の部屋を持っている。見事な変身というほかはない。

　むろん女のこの見事な変身の蔭に、有力な男が存在するだろうぐらいのことは、この世界の常識として私も知っている。一介の貧しい文筆業者である私などが、そういう男たちと太刀打ちできようはずもないことは初めからわかり切っている。だから、女の背後に男がいようがいまいが、それは私にとってはどうでもよいことなのだ。私にとって問題なのは、女に対する私自身の感情だけのことであるからだ。

五十歳に近い一人の初老男が、街の酒場で見つけた一匹の美しい眠り猫に惚れた。懶惰《らんだ》な生活者であることを自ら認めている男は、その眠り猫に彼の同類者としての匂いを嗅いだのだ。そして男はその重たくて懶《ものう》い、いつも何かに放心しているような眼を持った眠り猫の躰を、一度だけ自分の手に抱いて寝てみたい、と思った。しかし男のその感情は、燃えもせず消えもせずただぶすぶすと燻った状態のまま、いつのまにか六年という時間が経ってしまった。そしてこの六年という時間のなかで、怠惰な眠り猫は精悍な一頭の黒豹に変身した。一方の男はといえば、六年という時間の皺を正確に顔に刻んで、初老男から中老男に成り下った。しかし男が愛撫したいと思っているのは、この精悍な黒豹ではなく、依然として重たく懶げな眼をもったあの眠り猫の方なのだ。とすれば、男の追っているのは女の亡霊なのだ。亡霊と知りつつ、男は女の跡を追っている。相変らず燃えもせず消えもしない、ぶすぶすと燻ったままの感情で……。

○

私はA駅で降りた。

ここは昔、中仙道の旧い宿場町であったところだ。駅前から見る町の風景は乾いて荒れていた。私は近くの煙草屋へ行き、ひびきを一つ買ってから、そこのおかみさんに質ねた。

「名前はうっかり忘れたけど、この町にたしか何とか団地というのが最近できたはずなんだが……」

「さァ、団地ねぇ、そんなものがここにできたかねぇ」とおかみさんは首をかしげながら「わたしじゃわかンねから、市役所か警察へ行って聞いてみたら？」

私はおかみさんに市役所への道順を質ね、そこから十分ほど歩いて、古ぼけた貧弱な木造建物の門をくぐった。午後の役所は閑散としていた。

そのいちばん取っつきの窓口で、

「ちょっと団地のことでうかがいたいんだが……」

「団地？　団地なら建設課ですよ」

眼鏡をかけた中年の女事務員が、こっちの顔も見ずに答えた。私は妙なぐあいに折れ曲った長い廊下を渡って別棟の建設課へ行き、そこで同じ質問をくりかえした。

「ああ、それはあさひヶ丘団地のことでしょう」若い男子職員はすぐ答えてから、「しかし、あさひヶ丘団地というのはただそういう名前ができただけのことで、家はまだ一軒も建っていないんです」

「一軒も建ってない？」

「ええ、整地がやっと九分通り完了したばかりというところです。宅地の分譲はもうすこし先のことになります」

「おかしいな？　それじゃ、そのあさひヶ丘団地というのは、例の鉄筋コンクリート何階建てとかいう公団住宅とはちがうんですな？」

「ああ、あれとはちがいます。市が造成した宅地を一般に分譲して、そこに自由に家を建ててもらって、つまり一種の集団住宅地帯をつくろうというわけなんです」

「わかりました。それでは、ほかに何々団地というのがありますか？」

「このA市にはほかにありません。何か？……」

「いや、ちょっと……それじゃもう一つ、つかぬことをうかがうけど、そのあさひヶ丘団地の近くには大きな松林がありますか？」

「松林？……ああ、あります、あります。造成地のいちばん奥のところです。あれはどっちの方角に当るのかな？　ええと、あれは……」

「いや、よろしいんです。その団地の近くに大きな松林があるということさえわかればよろしいんです」

私のこの答え方に妙な顔をしている若い男子職員に、あさひヶ丘団地への道順を質ねてから、私は役所の門を出た。

その役所の建物からすこし行ったところに、国道十七号線に沿って新しい四車線のバイパスがまっすぐ西北に伸びている。私はそのバイパスの片側のせまい歩道を、高崎の方向にむかってゆっくり歩き出した。

「……ママ？　ママはね、病院を退院していま父のところへ行ってるわ。父の家？　ほら、上野から高崎の方へ行く鉄道で何とかッていう線があるでしょ？　あ、そうそう上越線。その上越線で行くとAという町があるわ。そのAという町のうんと端れの方に、何とかッていう団地があるの。ううン、その団地の名前わすれちゃったわ。あたし、その父の家へは一回しか行ったことがないんだもの。ともかくその団地の奥に大きな松林があって、その松林のすぐ裏手のところなのよ。空気はたしかにいいかもしれないけど、とてもさびしくて不便なところ。まだバスも通ってないのよ。東京から車で行っても二時間近くもかかるの。どうしてあんなところに家なんか建てたのかしら。ええ、父も母ももう年だからって、商売は兄にまかせて隠居しちゃったのよ……」

私がそれを順子の妹の圭子の口からきかされたのは、十日ほど前のことだ。この圭子もひと頃は姉とおなじく銀座の酒場で働らいていたのだが、姉が新しい店を持つと同時に移ってきて、いまは病気の姉に代って店のマダム役をつとめている。年はまだ二十三、四というところだが、高校生時代はバレーボールの選手をしていたというだけあって、見事な躰をしている。土地柄、地廻りらしい男たちがそれと分る服装でやってきて、酒を飲みながらねちねちと猥褻な冗談をあびせても、顔色一つ変えずズケズケと渡り合っている。顔立ちは姉によく似ているが、気性の強い子だ。

順子が看板近い店のなかで黒い血を吐いて倒れ、救急車で病院へ運ばれてから、もうひと月近くになる。「当分、絶対安静だってお医者さんにいわれたわ」と圭子は教えてくれた。

「黒い血を吐いたというのは、肝臓だね」と私はいった。

「ええ、だいぶ腫れているんだって。姉はこのところあまり躰の調子がよくなかったのに、ずうっと無理がつづいていたから」

「金儲けにあんまり欲を出しすぎるからだよ」

「そんなんじゃないわ。この商売、これでなかなかむずかしいのよ。それに、うちみたいな店、この近くにもう三軒もできたでしょ」

「そういえば、駅前の商店街なんか三年前に比べればガラリ変っちゃったね。それにこの地蔵通りも、軒並み改装中というところだな」

「そうしなきゃ、商売やって行けないのよ。どこもここもみんな競争なのよ。矢田さんのご商売だって、やっぱり競争でしょ?」

「ああ、競争だ」

「でも、矢田さんのご商売はいいわ。ペンとインクと原稿用紙さえあればいいんだもの」

「そう思うかね?」

「だれだって、そう思うわ」

しかしその時、私は順子が入院しているという病院の名前も場所も聞かなかった。それから二週間ほどしてから、順子が父親の家で病後の静養をしていることを、圭子の口から知らされたのだ。だが圭子の教え方も曖昧なら、私の方の聞き方も曖昧だった。むろんその時の私は、女の親の家を探しに行こうなどとは冗談にも思っていなかったからだ。

それを私に思いつかせてくれたのは妻だ。

「一日じゅう炬燵のなかへもぐりこんで、ただもううつらうつらとしてて……まるでもぐらじゃない。すこしは躰を動かしてみたら?」

「なるほど、躰を動かす、か?」と私は答えた。「そうだ、島崎藤村がうまいことを言っている。心を動かさんと思わば、まず身を起せ!……」

「そうだわ、その通りだわ。近頃のあなたは心まで眠ってるわ」

「わかった」と私はいった。「それじゃひとつ、眠った心を醒ますために、明日にでもさっそくどこかへ日帰りの旅でもしてくるか」

その時、ふいに私は圭子の言葉を思い出したのだ。そしていま、私はこの小さな見知らぬ町へ〝日帰りの旅〟に出てきたのだった。

……道の両側に人家がとぼしくなり、背のひくい雑木林が眼につきはじめた。木々の枝先にうす汚ない赤茶色に灼けた枯れ葉がまだ未練気に残っている。その雑木林の向うには豊かな関東平野の田園風景が遠くひらけている。だがその広濶《こうかつ》な田園風景も、いまは初冬の枯れ色のなかにひっそりと沈んで、そこに動く人影らしいものはほとんど見当らない。

躰がすこし汗ばんできたようだ。私は腕時計に眼を当てた。歩き出してからもう三十分以上も経っている……。

……目印に教えられた赤いガソリンスタンドが、ようやく左手前方の道路ぎわに見えてきた。そこから二十メートルほど手前の細い路を右手に入る。それは疎林の中の路だった。路は枯葉で埋まっていた。それをまッすぐ二百メートルほど行くと、突然林は切れて、そこに広大な面積をもった平坦な土地が、掘り返された新しい土の色をみせてひろびろと展けていた。ブルドーザーらしいものが二、三台、遠い距離で黄色い甲虫のようにのろのろと動いている。

「敷地は約三万坪あります」

と市役所の若い職員はいったが、これが名前だけ先にできたあの「あさひヶ丘団地」であることにまちがいはなかった。この広大な敷地のはるか真正面の小高い段丘の上に、赤、黄、緑と三段に重なった色彩の帯が横に細長くのびている。そのいちばん高い緑色の帯が、たぶんあの圭子のいった「大きな松林」であるにちがいない。

女がいま病後の静養をしているという両親の家は、その松林のすぐ裏手のところにあるはずだった。

私は疎林の末端に腰をおろした。そして煙草に火をつけた。厚く降りつもった落葉の感触が、尻の辺りから疲労をやわらかく吸い取ってくれるようだ。

（こんな感触は、これで何年ぶりだろう？）

と私は思った。反射的に私は「塵労《じんろう》」という言葉を思い出した。おれのここ数年の生き方は、この塵労という言葉にふさわしい。私はつづけて思った。何ものかに絶えずセカセカと追われ、いらだたしく、あわただしく、そしてむなしく過してきたような気がする。静かな林のなかの道をひとりでゆっくり歩いたり、落葉の上に腰を下して、枯葉の匂いを鼻の穴いっぱいに吸い上げるなどということは、すっかり忘れてしまった。おれの歩く道はほとんど街の雑閙《ざっとう》のなかであり、おれの腰を下すのはほとんど喫茶店か飲み屋か酒場の椅子の上しかなかった。おれは疲れ、枯渇した。そしておれはこの枯渇のなかで相も変らず一人の〝女〟の跡を追っている。おれはその女だけが、おれを枯渇から救ってくれる唯一の存在であるかのように。しかもそれが不毛であることを、おれ自身が承知し、かつ納得しながら……。

私は煙草を喫い終った。落葉の上から腰をあげ、ゆるい斜面を下って黒い土のなかへ脚を踏み入れた。私は松林への最短距離をえらんで、その三万坪の敷地を一直線に横切って行くつもりだった。

だが新しく掘り返されたその土は、近頃雨でも降ったのか、意外にやわらかく、そして意外に強い粘着力をもっていた。私の靴は甲まで埋まり、ねばついた土から靴底を剝がすのにかなりの抵抗がある。やはり廻り道でも、敷地のへりの固い道をえらんだ方がよさそうだった。が、私は正面に遠く松林を見すえたまま、そのやわらかくて粘っこい黒い土の上を強引に歩き出していた。

（おれは、いま気負っている！）

と私は思った。一人のくたびれた五十男が、人影ひとつ見当らぬ広大な造成地のなかを、一直線に、一心不乱に、しかも靴底にねばりつく粘土性の土とひと足ひと足苦闘しながら、まるで十歳の子供のような懸命さで一気に押し渡ろうとしている。

（しかし、なぜ今頃になってこんなに気負う必要があるのか。すべてが終ってしまったこの今、なぜ？……）

あれは酒場リオンヌの開店三周年の夜のことだ。

五、六人の常連客とカウンターに首をならべて、いちばん端っこの止まり木にとまっているおれの前に、「おかげさまで……」といって順子が水引きの鳥の子紙に包んだ四角な箱を差し出した。「開店三周年記念　粗品　リオンヌ」と活字で印刷してある。

「これはご丁寧に……」と受け取ってから、「さて、中身は一体何だろうな？」とおれはいった。すると順子は洋酒の瓶のならんだ背中の棚に手をのばし、そこに飾った洒落たデザインの小さな陶器製の電気スタンドの紐を三度引いてみせた。スタンドの光が黄、緑、赤と三段に変った。

「中身はこれなの。寝室にお飾りになるといいわ」と順子はいった。

「寝室に飾ってどうするんだい？」

おれはすぐにいった。そのおれの言い方には明らかにトゲがあった。

「だって……」

思いがけないおれの言葉のトゲに、順子は一瞬たじろいだ顔つきになった。と、すかさず横から女の子のユリがあとを附けた。

「だって、寝室でその電気スタンドをつければ、色がいろいろ変って、奥さんの顔、とても綺麗に見えるわ」

「なるほどねぇ、その豆ランプをつけて、カァちゃんの顔をストリップの女みたいに赤くしたり青くしたりしながら、チンチンカモカモしろッてぇわけだな。いや、いいものをもらったよ。さっそく今夜やってみるか」

カウンターのまン中の止まり木にいる四十男が、思い入れたっぷりな声をかけた。男の周りに高い笑い声が起った。おれは笑わなかった。不愉快な顔つきを、わざと意地のようにそこに晒《さら》していた。

その夜遅く、おれは女のくれたその四角な箱を手に抱えて家に帰った。妻はもう寝ていた。寝巻に着かえて隣りの蒲団に入ったおれは、妻の寝息をうかがいながら、その枕もとに飾った小さな電気スタンドの鎖型の紐をそっと引いてみた。引くたびに妻の寝顔が、黄、緑、赤と三つの色に染め変えられた。おれは幾度もそれをくりかえした。すると、わが家の寝室が娼婦の部屋のような淫らな感じにみえてきた。

突然、刺すような鋭い憎悪の感情がおれを襲った。憎悪の対象は妻ではなかった。女だった。あの順子だった。

順子はその洒落た西洋玩具みたいなものを、寝室に飾れといった。その豆ランプをつければ、奥さんの顔が綺麗にみえる、と店の女の子のユリがいった。だが、ユリは女主人の台詞をそのまま口真似したにすぎなかった。順子自身がそれをいうはずだったのだ。

それから先はどうするのか？　つまり、女はおれに、女房の顔を娼婦のように色電気で照らしながら抱いて寝ろ、といいたかったのだ。あのとき店にいた四十男のいったように。

終った、とおれは思った。こんどこそほんとうに終った、とおれは思った。

女が口から黒い血を吐いて倒れたのは、それから十日後だった……。


私は三万坪の造成地をようやく横断し終えた。段丘の上の高い松林地帯はすぐ私の眼の前にあった。私は駈け上り、たちまち息が切れて、丘の端に腰をおろした。その丘の向うにも豊かな関東平野の田園風景が広潤にひらけていた。

しかし、海の上に浮かんだ細長い島のようなその段丘の上から、女のいる家を探し出すことはそう簡単ではないことをすぐ私は知らされた。「松林のすぐ裏手のところよ」と妹の圭子のいったその松林の段丘は七、八百メートルもの長さを持っている上、その段丘の裾に赤や青や黄と色とりどりの屋根をみせた数十戸の家々は、幾戸かずつ小さく固まりながら、相当の距離をもって散在していたからである。

私は煙草に火をつけた。そして鼻からけむりを吐き出しながら、厄介なことになったな、と思った。これから丘の下のあの何十戸かの家々を一軒ずつ虱つぶしに探しまわらなければならぬのだ。

だが、もし女のいる家を探し出せたとして、さてそれから先はどうするのか？　実をいえば、私はそれを考えてこなかった。わざと考えてこなかったのだ。きょうの私にとって必要なのは、ただ「躰を動かす」ということだけだったからだ。しかし弛緩《しかん》した私の躰を動かすためには、やはりネジが必要だった。そして私のためにそのネジの役をしてくれるものは、やはり順子という女以外にはなかったのだ。

（とにかく、あそこへ下りて行くことだ）

煙草を一本喫い終ると、松林のなかのすこし急な坂道を下って、その段丘の裾に細長くのびた新開の住宅地帯へ私はゆっくり入って行った。

伐り倒した疎林の跡に散在する家々は、まるで申し合わせたかのようにブロックの塀を高くめぐらし、そしてどの家もきびしく門を閉ざしていた。家の中はどこも無人のようにひっそりしている。それらの家々をつなぐ細い道路上にも、大人らしい人影は不思議にひとりも見当らない。伐り残された雑木林のなかをちょろちょろ走りまわっているのは小さな子供たちだけだ。

たまにどこかの家の裏庭あたりに女の人影をみつけて近寄ると、相手は一瞬鋭くとがめるような眼つきになり、こちらの問いには「さァ、そんな方、知りませんね」と不愛想に答えるなり、あとは逃げるようにそそくさと家の中へ入りこんでしまう。新開の住宅地で、近くにひと眼がないため、見知らぬ男を必要以上に警戒するらしい。仕方なく一軒一軒の家の前をちらりと標札を盗み見しながら足早に通り抜けなければならない。

と、近くの家の角を曲って、和服姿の品のいい老人が孫娘らしい小さな女の子の手を取りながら、ゆっくりこちらへやって来るのにぶつかった。私の脚がぎくりと停まった。その三、四歳かと思われる可愛らしい女の子の顔立ちがあまりによく似ていたからだ。お河童頭の色白の丸顔の、そのけむったようにまつ毛の長い大きな眼は、たしかに女のものだった。「きみには毛唐の血か、それともアイヌの血が入っているのではないか?」と私は冗談めかして一度女にいったことがある。混血児めいた翳の深い、時によっては淫蕩にさえみえる眼だった。立ち停まった私に、老人の脚もふと停まった。一瞬、けげんな顔つきになった。女の子の大きな眼がまじまじと私をみつめている。私はひとちがいを詫びる印に、軽く頭をさげて、老人の前をすり抜けた。

細長い段丘の裾に、市街地を遠く離れて孤立したこの住宅地帯には、すでに夕暮の色が落ちていた。曇り空の初冬の日は落ち方がおどろくほど早い。やがて、あちこちに電燈がつきはじめた。丘の上の高い松林がみるまに黒い影になって行く。

こうなっては、もうあきらめるほかはない。あと十分もすれば辺りはすっかり暗くなってしまうだろう。それに帰り道のあの三万坪の造成地には電燈一つ点いていないのだ。

帰ろう、と私は思った。

女のいる家を探し出せなかったことには、すこし心残りの感じはあったが、しかしとくべつのことはない。第一、もしその辺の家から女がふいに姿を現わしたとしたら、私は一目散に逃げ出したかもしれないのだ。私はただここへ来るだけでよかったのだ。ともかくも、きょう半日、私は自分の躰をよく動かしたからである。私はゆっくり踵を返した。

○

――一時間後、私はA市の盛り場のはずれの小さな飲み屋にいた。市といっても、隣接の農村地帯を併せて人口三万数千という田舎町である。

私がA駅へ帰り着いたとき、つぎに出る列車までには一時間近いひまがあった。駅前には喫茶店らしいものも食堂らしいものも見当らない。私は疲労と空腹を感じていた。そこでひとに道を質ねて、駅からあまり遠くないこの盛り場へやってきたのだ。盛り場といっても、すこしばかり賑やかな商店街というにすぎなかった。戦災をうけなかったらしいこの町には、昔の宿場町の名残りがまだあちこちの建物にみられた。明治のものかと思われる古風な風見のついた木造ペンキ塗りの郵便局や、間口のだだっ広い軒の低い瓦屋根の雑貨屋や、木彫りの大きな看板を上げた古い土蔵づくりの酒屋や、芝居に出てくる昔の旅籠《はたご》屋そっくりの商人宿などが、あまり広くもない道をはさんで向き合っている。食べ物屋らしいものも何軒か眼に入ったが、どれも妙に陰気臭くて脚が動いて行かない。

夜になって急に気温が下ってきたのか、私は背中に寒気を感じ、ふいに一つ大きなくしゃみをした。水洟の垂れた鼻先を拭こうとして、ズボンのポケットからハンカチを取り出した。

「あ、何か落ちたよ!」

向いの店から若い女の声が飛んできた。私のズボンのポケットから落ちたらしいものが、その女の方へころころところがって行く。それを女がひろい上げた。

「なんだ、これ胡桃《くるみ》じゃないの」

女は笑いながら、丸い木の実を私の手に返してよこした。

「いや、ありがとう」

女の立っているのは、軒先に赤い提灯を垂らした小さな飲み屋の前だった。黄色いセーターに赤いスカートをはいた十八、九の小娘だ。濃い化粧をしている。私はその飲み屋に入った。うす汚れた板台の前に粗末な丸椅子が六つほど並んだ貧弱な店だが、おかみらしい四十女のほかに小娘が二人もいる。板壁に色の褪せたヌード写真がべたべたと貼られている。ほかに客はなく、私は二人の小娘に挟み撃ちにされた。酒とおでんを注文した。

「ねぇ、さっきの胡桃、あれ何のおまじないなの?」と、それをひろってくれた小娘がいった。

「おまじないじゃないよ。これは神経痛の薬なんだ」

私は答えながら、その胡桃の実をズボンのポケットから取り出した。

「これをね、こうして掌にのせて、できるだけ五本の指を動かして、こいつの腹をこすってやるんだ」

私はそれを実演してみせた。とたんに、右横に腰をかけた赤いセーターの方の小娘が頓狂な笑い声をあげた。

「なんだい、何がおかしいんだ?」

「だってさ、こいつの腹をこすってやるんだなんてさ……」

「それじゃ、何といえばいい？　こねくってやる、とでもいえばいいのか」

「アイブするっていうのよ」

左横の黄色いセーターの方がいった。

「愛撫か、なるほどね。しかし、きみはいい言葉を知ってるんだな」

「旦那、あたしにちょいと貸して……」

おでん鍋の向うから、おかみの手がのびた。それを掌の上でもてあそびながら、

「でも、こんなふうにしてて、どこの神経痛に利くんです?」

「ほら、そうやってると指の運動になってるだろ。それから手首の運動にもなってるだろ。つまり五本の指と手首をよく動かせば、自然に腕全体の血行もよくなってくる、というわけさ」

「なるほど、それじゃ腕の神経痛に利くっていうわけだわね。いいこと教えてもらったわ。実

はね、旦那、あたしもこんなふうに寒くなってくると、こっちの右腕の方が痛《や》んでしようがないんですよ。やっぱり年だわねぇ」

「ああ、年だ。おたがいにね」

両脇の二人の小娘がいっしょにぷッと吹き出した。

「何がおかしいのさ。あんたたちだっていまに年を取ってくれば、躰のあちこちが痛んでくるんだよ。ねぇ、旦那」

「ああ、痛んでくる、痛んでくる……」

二人の小娘はまたいっしょに笑い声をあげた。

その胡桃の実のことを私に教えてくれたのは、妻の母だ。ことしの夏の終りごろ、何が原因か右の手先が痺れて筆を持つのに一時難渋したことがある。友人のひとりが、それは書痙《しょけい》じゃないかといったが、書痙になるほど仕事をした覚えは残念ながら私にはない。医者嫌いの私はそのまま放っておいた。手先の痺れは依然としてよくならない。それを妻の口からでも聞いたのか、ある日家へあそびにやってきた妻の母が、ハンカチにていねいにくるんだ胡桃の実を一つ取り出して、実演してみせてくれた。義母のせっかくの好意だから、私もひまにまかせて割合い熱心にそれをやってみた。すると、それがやはり利いたのかどうか、二週間ほどして、私の手先の痺れはきれいに消えていた。

しかし用済みになったその胡桃を、私は捨てずに取っておいた。所在のない時など、これを掌のなかで〝愛撫〟していると、何か不思議に気持が安まってくるようだ。それに小粒ながら固くカッキリ緊まったその胡桃の実の肌には、何ヵ月か私の指の腹でこすられて、いまはいい艶が出ている。

「ねぇ、あたしたちも何か飲んでいい？」

銚子をお代りした私に、小娘の一人がいった。二人とも私の知らない名前の飲み物をおかみに作らせた。この飲み屋はそういう仕組みになっているらしい。小娘たちの化粧の濃いわけもそれでわかった。

「ねぇ、あんたの商売当ててみようか。絵描きさんでしょ？」と黄色いセーターがいった。

「こんな頭をしてるからかね？　いつも絵描きさんにまちがわれる」と私は答えた。

「それじゃ何だろ？　とにかくサラリーマンじゃないわね」

「商売やってるひとでもないわね」と赤いセーターがいった。

「しかし何か商売やってなきゃ、食って行けないじゃないか」

「そりゃそうだけどさ……」

「でも、こちら、普通の商売やってる方のようには見えないわね」おかみが口をはさんだ。

「あ、わかった」黄色いセーターが大きな声を出した。「新聞記者でしょ？」

「うん、当った」と私はいった。

「じゃ、旦那は東京から？」とおかみがいった。「何か、こちらに？」

「いや、ちょっとしたことでね」と私は答えた。

するとそこへ、表の硝子戸をガラリと引きあけて、黒いジャンパー姿に鳥打帽をかぶった、ひどく背の低い若者がよろよろと入ってきた。鋸《のこぎり》や金槌など大工道具の入った大きいズックの袋を肩にかついでいる。

もうかなり酔っているらしく、向う隅の丸椅子にどたりと腰を下すと、「おい、水をくれ」といった。

「キューちゃん、うちへくればいつも水々って。うちは水を売る商売じゃないよ。ここは酒を飲ませる店なんだからね」

おかみがニベもなく撥ねつけた。

「酒？ 酒なんかいらねぇ。水だ、水だ、水だ！」

キューちゃんと呼ばれた若者はへんにしつこく叫んだ。

「うるさいわね」

黄色いセーターが顔をしかめて怒った声を出した。それがいけなかった。

「おう、ミヨ子……」酔った若者はこっちの方へひらき直った。「うるせぇとはなんだ。よぅ、うるせぇとは……なんでぇ、ヘンなじじいとデレデレしやがって……」

「キューちゃん、あんた何いうの？」おかみがあわてた声を出した。

「じじいだから、じじいといってるんだ。な、そうだろ」

若者の蒼くすわった眼がまっすぐ私の顔に当てられていた。

「ああ、ぼくはじじいだよ」と私は答えた。

「ほらみろ、当人がそういってるんだからまちがいねぇや。おぅ、ミヨ子、こっちへこい」

「いやだよ」

「ンじゃ、ヨシ子、こっちへこい」

「いやだよ」

「おかみ、酒だ」

「酒は出すけどさ。その前に溜まった勘定の方、キリをつけてくれなきゃ駄目だよ」

「勘定、そんなもの、いつだって払ってやらァ」

「じゃ、いま払ってよ」

しかし若者は金を持っていないらしい。急に黙ると、板台の上に顔を突っ伏せておとなしくなった。が、すぐ鎌首をもたげると、またうす気味わるくすわった蒼い眼を私の顔に押し当てたまま、

「じじいのくせに、娘っ子にうまいこといわれてヤニさがっていやがる……」

「キューちゃん、あんた、また何いうの。こちらはお客さまだよ。さ、商売の邪魔だからもう帰ってちょうだい」おかみが大きな声を出した。

「ああ、帰るさ」

若者はのそりと立ち上ると、ズックの袋をかついで私の背中の方へよろけてきて、

「こんな助平爺は早くくたばってしまえばいいんだ」

若者は明らかに私に敵意を持っているらしい。他所者ふうの私に何か虫の好かぬものでも感ずるのか。それとも、どちらかの小娘に気があって、それを先取りされて焼餅でもやいているのか。

背後に突っ立ったまま、いつまでも動こうとしない若者に、仕方なく私もそっちの方へ首をねじ向けて、笑いながらいった。

「そうだねぇ、こんな助平爺は早くくたばってしまえばいいねぇ」

私のこの返答に、「何を!」と突っかかってくるかと一瞬身構えたが、若者はふいに気弱く視線を伏せると、そのままおとなしく店を出て行った。

「旦那、とんだ失礼をしましたねぇ。あの男、ふだんはそうでもないんだけど、わる酔いするとすぐひとにからむ癖があるんで困るんですよ」おかみがとりなし顔にいった。

「でもさ、今夜はケンカにならなくてよかったわね」小娘のひとりがいった。

「そりゃ、こちらが教養がおありになるからよ」

思わず私の口から笑いがもれた。

「教養がおありとは、おかみさん、うれしいことをいってくれるね」

「だって、そりゃちがいますよ。あんな若造にあんな厭らしいことをいわれて、それでもニコ

ニコ笑っていらっしゃるなんて、やっぱり教養のある方はちがいますよ」
おかみが大げさなお世辞顔でいった。私は腕時計を見た。まもなく汽車の出る時間になっていた。

○

夜八時近く上野駅に着いた。A市を発つとき、私はまっすぐ自分の家に帰るつもりで横浜のT駅までの切符を買っていた。上野駅から国電の京浜東北線に乗りかえなければならない。が、ふいに気が変って、私は山手線に乗った。五つ目のS駅で降りる。

女の店はこのS駅の前から歩いてほぼ十五分はかかる。私はいつも歩いて行く。タクシーなどに乗ったことは一度もない。あまり早く着いては、私としては困るのだ。ひと足、ひと足、私はたしかめながら歩いて行く。何を?——私自身の感情を。

実のところをいえば、私は女の店のなかにいる時よりも、女の店へ行くこの十五分の道のりを歩いている時の方が愉しい。いくらでも勝手な妄想を描くことができるからだ。むろん妄想のなかの女の方が、現実の女よりもはるかに美しい。現実の女はむしろ妄想のなかの女をより美化するための、単なる触媒にすぎないのではないか。とすれば、妄想のなかの女の方が現実であり、現実の女はかえって一種の仮象ということになるのではないか。そして私は、現実の女よりもむしろ私の妄想のなかの女を追って、この六年間をむなしく過してきたのではないか。

いってみれば、それは一種の一人相撲だったのだ。

しかし私にとっては、一人相撲で結構なのだ。それが私自身を鈍磨と衰弱から救ってくれる唯一の精神の運動ならば……。

――私は酒場リオンヌの厚い木の扉を押す。

「あら、いらっしゃい」

圭子が声をかけてよこす。カウンターには先客が四人ほど首を並べている。私はいちばん奥の止まり木にとまる。水割りのウイスキーをひと口飲んだところで、私はとぼけた質問を圭子にしてみる。

「ママはまだいけないらしいね。やはりAの家の方にいるのかい?」

「ママは五日ほど前こっちへ帰ってきたわ」と圭子はすぐ答えてから「もうだいぶよくなったんだけど、全快というまでにはもうすこしかかるらしいわ。あの病気、ながいんですってねぇ」

「おい、圭子ちゃん」二つほど向うの止まり木から、サラリーマン風の若い男が声をかけた。「ママのいまいるところ、なんとかマンションて聞いたけど、そのマンションはどこにあるんだい?」

「そんなこと聞いて、Eさんはどうするつもり?」

「みんなしてママのところへ見舞いに行きたいんだよ」

「それはどうも。でも、わざわざお見舞いなど頂かなくても結構でございますわ」

圭子はわざとらしい切口上で答えた。

「それじゃ、電話番号くらい教えろよ」

隣りの若い男がいった。

「それもどなたにもお教えできません。ママから固く禁じられておりますから。それを犯せばプライヴァシーの侵害になります」

圭子はまた切口上でいった。

「プライヴァシーときたか。へッ……」

その隣りの若い男がいった。

「しかしママは大したもンだよ。おれたちとあまり年はちがわないはずだが、この店と裏のアパートを持った上に豪勢なマンション暮らしときてる。おれたちなんか一生かかってもマンションなんかに入れねぇよな」

もう一人の男の言葉で、一同なにかシュンとした顔つきになった。四人ともこの近くの会社に勤める同僚らしい。彼等が酒のお代りをして店の女の子のユリや良子を相手に勝手なおしゃべりをはじめた頃、また二人づれの中年の客が入ってきて、私と若いサラリーマンたちのあいだの止まり木に腰を下した。二人ともここの常連で商店の旦那といった感じの風態をしている。

圭子の差し出した蒸しタオルで顔を拭きながら、肥った赤ら顔の方の男がいった。

「ママはまだ出られないんだね。一度見舞いにと思ってるんだが、なにしろこの圭子ちゃん、ガンとして寄せつけてくれんからな」

「あら、寄せつけないなんて、そんな!……」

「そりゃ、いろいろと事情がおありでしょうからね」

もう一人の瘠せた方の男が厭味な皮肉をいった。傍できいていて、思わず私は苦笑を洩らした。

(なるほど、見舞いか……)

向うの席の若いサラリーマンたちも先刻〝見舞い〟という言葉を口にした。お隣りの旦那もいま〝見舞い〟という言葉を使った。そしてきょうの私自身もその〝見舞い〟に行ってきたところなのだ。

いかにもこの見舞いという言葉は便利な日本語だった。私はこの便利な日本語を口実にして、これまで三度、順子の部屋に上っている。三度とも順子が銀座のRに勤めていた時のことだ。

その頃、順子はここから駅一つ向うの或る花街に近い裏通りの木造アパートの二階に住んでいた。階下は間口の広い瓦屋で、二階だけアパート風に改造したものだった。私はこのアパートへ女を何度か車で送ってきたことはあるが、女の部屋へ上ったことは一度もない。そこへ上らぬことが、勤め帰りの酒場女を送る客の一種のルールのようなものであるらしかった。だが、病気見舞いとなれば、これはまた別のことだろう。

一度目は、順子は浴衣の寝巻姿だった。二度目はピンクのネグリジェ姿だった。三度目は藤色のネグリジェを着ていた。そして三度とも私は熱で汗ばんだ女の手を握って帰ってきただけのことだった。それが〝見舞い〟ということのルールであった。

しかし、順子のあの「瓦屋時代」はもうとっくに終ってしまったのだ。彼女はいまマンションという名の洒落た現代建築の一室に住んで、男どもの〝見舞い〟を固く拒否している。お隣りの痩せたほうの旦那の言い草ではないが、「そりゃ、いろいろと事情がおありになる」のだろう。むろん、それはそれで結構なことだ。私とはまったく関係のないことなんだから。私は圭子とすこしばかり無駄話をしてから、リオンヌを出た。

扉の外へ出て、合着のコートにボタンを掛けようとして、ふと入口の横におかれた細長い箱型の看板に眼が行った。箱のなかに螢光燈が点いていて、表の硝子板にいろいろな飲み物の値段が書いてある。その硝子板に貼られた紙にマジックペンで「明るく楽しく働いて下さる女性の方求めます」として、その脇に「連絡先、昼は何番、夜は何番」と二つの電話番号が書かれている。夜の番号は店のものだった。とすれば、昼の番号は順子の現在住んでいるマンションの部屋の電話番号ではないのか。私はズボンの尻ポケットから小さな手帳を取り出すと、急いでメモした。それからゆっくり歩き出した。とんだところに盲点があったのだ。私の顔に皮肉な笑いがうかんでいた。

賑やかな商店街に入った。煙草屋の店先に赤電話をみつけると、私は反射的にそこへ行き、頭に何も考えずただ文字盤にあてた指先だけを機械的にぐるぐるまわした。

信号音が鳴っていながら、応答が遅い。私はしつこく待っていた。

「もし、もし……」

順子の声だった。すこしかすれて力のない声だ。

「ああ、ぼくだよ。矢田だよ」

「あら、矢田さん……どうして?」

順子の声は驚いていた。「どうして?」というのは、そのマンションの電話番号がどうしてわかったのか、という意味なのか。それとも私のような男から突然電話が行ったことがどうして、という意味なのか。私はかまわず言葉をつづけた。

「きょうAへ行ってきたよ。きみのお父さんの家を探しに行ったんだ」

「あら、どうして?」

順子はまた驚いた声を出した。

「きみの見舞いに……」

といいかけて、あわてて私はいい直した。

「圭子ちゃんからちょっと聞いたんでね。どんな所だろうと例の野次馬根性を出してね。しかし結局、きみのお父さんの家は探せなかったよ」

「とても不便なところでしょ。うちの父、だまされたのよ」

「だまされた?」

「土地会社だか土建会社だか知らないけど、とにかくそこに勤めている人にうまいこと言われて……」

「しかし、環境はなかなかいいところじゃないか。あの松林は東京では見られないよ。それに駅からのバスも、来年あたりあの近くへ通うことになるそうだよ。市役所へ行って、ちゃんと調べてきたんだからまちがいない」

「まァ、そんなことまで？」

「ところで、きみのお父さんの家は探せなかったけど、その代り、きみに実によく似た女の子に会ってきたよ」

「それ、どんな子？」

順子の声の調子がふいに変ったようだった。

「三つか四つくらいの女の子でね。おじいさんらしい人に手を引かれて歩いてるところにぶつかったんだけど、眼と口元の感じがあんまりよく似ているんで、思わずぎくっと立ち停まったくらいだよ。そういえば、そのおじいさんらしい人も、全体の顔立ちがきみになんだか似ていたような気がする。ひょっとしたら、あのひと、きみのお父さんだったのかな？」

われながら幼稚なカマの掛け方だった。耳たぶの辺りがふいに熱くなった。

「まァ……」

低い含み笑いが返ってきた。が、それだけで、自分にはそんな女の子などはいないともなんとも順子はいわない。これがこういう場合の順子のやり方だった。

昔、銀座のRのバーテンの城田が順子についてこんなことをいったことがある。

「こういうところへくる女は、三週間も経てばたいていどんな氏素性の女かわかっちゃうんだが、あの順子という子だけはどうしても正体がつかめない」

「よほどの悪女なんだよ」

そういって私は城田といっしょに笑ったものだが、順子の場合は隠そうとして隠すのではなく、躰のまわりに持っている一種のダルな感じが自然に煙幕の形になって、その正体を隠してしまうのだ。ある意味で順子は天性の〝悪女〟なのかもしれなかった。

しかし、その順子とはじめていっしょに映画を観たとき、二日ほどして順子から封書の礼状がきたことがある。もっとも便箋に十行ほどの礼状だったが、それにしてもたかが酒場の客といっしょに映画を観ただけで、わざわざ封書の礼状をよこすというのは、私には驚き以上に奇異な感じがしたものだ。しかもその手紙のなかに「わたしはあの映画の主題がとても好きだった」という意味の言葉があった。この〝主題〟という言葉は、私などのような物書き人種のあいだでは日常よく使われる身近な言葉の一つだが、それを承知の上で、順子はわざとこういう言葉を使ったのか。もし承知の上でだとすれば、順子はただ単純にダルなだけの女ではなさそうであった。とにかくこの二つの出来事が奇異な印象として、私の順子という女に対する新しい興味を唆《そそ》ることになったのだが、考えてみれば、これも私だけの一人相撲であったのかもしれない。要するに私という男は、女と上手にあそぶという芸を持たぬ一個の野暮天であることだけは確かな事実だった。

しかし今、私の掛けた幼稚で拙劣なカマに、順子は曖昧な含み笑いで答えただけだが、ひょっとすれば瓢簞から出た駒で、あの可愛らしいお河童頭の女の子は順子の本当の子供であり、あの和服姿の品のいい老人は順子の本当の父親であったのかもしれない。この六年間、私は順子という女の跡を追ってきていながら、女について私の知っているのは、女の生れ故郷が日本海に臨んだ北陸のさびしい港町であるということと、それから酒場の帰り、ドアの外へ送りに出た女と別れぎわの挨拶として握るその手の触感だけなのだ。それ以外のことは何一つ知らない。何という怠惰な、そして無力な〝追跡〟だろう。が、現在の私にとっては、順子に子供があろうが無かろうが、それはどうでもよいことなのだ。私にとって問題なのは、依然として順子という女に対する私自身の感情だけなのだから。

「ちょっと外に出られないか？」と私はいった。「きみのマンションの近くに喫茶店かバーのようなところはないか。時間を指定してくれれば、そこへ行って待ってるよ」

「出られれば出たいんですけど……」

「出られない、というわけか」

「ええ、二、三日前から風邪をひいて……いま、あたし、臥てたとこなんです」

「肝臓の方は？」

「もうだいぶいいんですけど、それでもまだ一週間置きに病院へ通っているんです」

「それじゃ当分店へは出られないね。来月は書き入れ時だというのに」

「ええ、なんとかそれまでには出られるようになりたいと思っているんだけど……」

「無理はいけないよ、無理は……あ、臥てるところを起して済まなかった。じゃ、だいじに……」

私は受話器を置いた。スカされた！　と思った。が、この感じにはもう慣れている。

私は商店街をまたゆっくり歩き出した。その私の頭のなかへ、二つの台詞が同時に浮かび上った。

「こんな助平爺は早くくたばってしまえばいいんだ」

「こちら、教養がおありになるからよ」

背中にふいに寒気を感じて、私は一つ大きなくしゃみをした。ズボンのポケットからハンカチを取り出そうとして、地面に何かこんという音がした。胡桃の実がまた落ちたのだ。私はあわてて追いかけた。

しかし、その固くて丸い小さな木の実は、ゆるい傾斜を持った地面をどこまでもころころところがって行って、なかなか私の手には摑まらなかった。


〔1973（昭和48）年「文藝」12月号 初出〕

P+D BOOKS ラインアップ

大陸の細道　木山捷平　●世渡り下手な中年作家の満州での苦闘を描く

耳学問・尋三の春　木山捷平　●ユーモアと詩情に満ちた佳品13篇を収録

青春放浪　檀一雄　●小説家になる前の青春自伝放浪記

風祭　八木義德　●肉親との愛憎の葛藤の歳月を紡ぐ連作集

女のいる自画像　川崎長太郎　●私小説作家が語る様々な女たちとの交情

伊豆の街道　川崎長太郎　●五十歳のやもめ作家と人妻との恋情を描く

P+D BOOKS ラインアップ

P+D BOOKS ラインアップ

兎の結末・独身者の憂鬱 柏原兵三
●敗戦後に思春期を送る少年たちの日常を描く

悪魔のいる文学史 澁澤龍彥
●澁澤龍彥が埋もれた異才を発掘する文学史

オールドボーイ 色川武大
●〝最後の小説〟「オールドボーイ」含む短編集

夜風の縺れ 色川武大
●単行本未収録の39編と未発表の「日記」収録

火まつり 中上健次
●猟奇一家殺人事件を起こした男の壮絶な物語

天の歌 小説 都はるみ 中上健次
●現代の歌姫に捧げられた半生記的実名小説

（お断り）

本書は1976年に河出書房新社より発刊された単行本を底本としております。あきらかに間違いと思われるものについては訂正いたしましたが、基本的には底本にしたがっております。また、一部の固有名詞や難読漢字には編集部で振り仮名を振っています。

本文中には乞食、露助、満人、雑夫、朝鮮人、俥夫、侏儒、娼婦、沖仲仕、職工、使用人、請負師、ロシヤ女、未亡人、情夫、女主人、毛唐、混血児、大工などの言葉や人種・身分・職業・身体等に関する表現で、現在からみれば、不当、不適切と思われる箇所がありますが、著者に差別的意図のないこと、時代背景と作品価値とを鑑み、著者が故人でもあるため、原文のままにしております。

差別や侮蔑の助長、温存を意図するものでないことをご理解ください。

八木 義徳（やぎ よしのり）
1911（明治44）年10月21日—1999（平成11）年11月９日、享年88。北海道出身。1944年「劉廣福」で第19回芥川賞受賞。代表作に『私のソーニャ』『遠い地平』など。

P+D BOOKS とは

P+D BOOKS（ピー プラス ディー ブックス）とは
P+Dとはペーパーバックとデジタルの略称です。
後世に受け継がれるべき名作でありながら、現在入手困難となっている作品を、
B6判ペーパーバック書籍と電子書籍を、同時かつ同価格で発売・発信する、
小学館のまったく新しいスタイルのブックレーベルです。

風祭

2022年12月13日　初版第1刷発行

著者　八木義徳
発行人　飯田昌宏
発行所　株式会社　小学館
〒101-8001
東京都千代田区一ツ橋2-3-1
電話　編集　03-3230-9355
　　　販売　03-5281-3555
印刷所　大日本印刷株式会社
製本所　大日本印刷株式会社
装丁　おおうちおさむ　山田彩純
（ナノナノグラフィックス）

ISBN978-4-09-352454-4

P+D BOOKS